だって、あなたが浮気をしたから

リーチェ・ハンドレ
幼少期から、母親は体の弱い妹にかかりきりで、
我慢しなさいといつも言われていた。ある日、
婚約者のハーキンと妹・リリアの浮気現場を見
てしまい……。
カイゼン・
ヴィハーラ
公爵家の三男。国の
英雄であり、師団を率
いている師団長。真
面目で実直な性格。
主な登場人物

ハーキン・アシェット
アシェット侯爵家の次男で、リーチェの元婚約者。優柔不断な性格で、リーチェのこともリリアのことも愛している。
テオルク・ハンドレ
リーチェとリリアの父で、家族を大切に思っている。騎士として出征していたが、戦争が終わり、リーチェたちのもとへと帰ってくる。
フリーシア・ハンドレ
リーチェとリリアの母で、リリアだけを溺愛している。
リリア・ハンドレ
ハンドレ伯爵家の次女。体が弱く、母親からの愛情を一身に受けている。健康で元気な姉から色々な物を奪ってもいいと考えている。

Contents

だって、あなたが浮気をしたから

高瀬船

イラスト
内河

1章　ことの始まり

「泣くな、泣かないでくれリリア。君が泣いたら僕まで辛くなってしまう」

「だって……っ、だって……でも……！　私、辛くて仕方ないの、ハーキン……！」

胸を押さえ、悲しげな表情で咽び泣くリリアという女性を、ぐっと何かを堪えるように唇を噛み締め、ハーキンと呼ばれた男が掻き抱く。

それは、まるで巷で流行っている純愛の劇に出てくる主人公二人のようにとても絵になる光景。

愛を確かめ合うように唇を寄せる二人は、朝露に濡れた花々に太陽の光が反射して幻想的な景色の中、儚くも燃え上がるような愛にその身をやつしている。

——これが本当に演劇の中の出来事であれば、どんなによかったか。

自分の婚約者を探すため、庭園にやって来ていたリーチェはくしゃり、と顔を歪めた。

泣き出してしまいそうに表情を歪め、目の前の美しく咲き誇る薔薇の花々を掻き分け、二人に近付いた——。

さくり、と土を踏む音が耳に届いたのだろう。

抱き合い口付け合っていた二人のうち、男が音の聞こえてきた方向に慌てて顔を向けた。

そして、男からの口付けに酔いしれていた女がぽやっとした目で音の方向にゆったりと顔を向ける。

「リ、リーチェ……!?」

「お姉様……っ」

二人の動揺した声が美しい庭園に響いた。

リーチェ・ハンドレには同い年の婚約者がいる。
リーチェはハンドレ伯爵家の長女で、美しいとは言い難いくすんだ金色の髪と、青空を閉じ込めたような瞳を持つ。
一つ年下の妹であるリリアとは違い、気の強そうなついっと上がった目尻に、化粧をしていないのに真っ赤な唇が彼女を「気の強い女」と印象付けてしまっている。
リーチェとは逆に、一つ年下の妹リリアは美しく艶やかな金髪に、瞳はリーチェと同じく空色の瞳。気が強そうで、健康そうな姉とは違いリリアは昔から体が弱く、とても病弱で。日に当たることがほとんどないため肌は透き通るように白く、儚い見た目だ。

ふわふわとした見た目でとても可愛らしく、昔から男性の庇護欲を誘うような見た目のリリアに比べ、姉であるリーチェはきつめの印象だ。美人ではあるが男性からの印象は悪い。

けれど、そんな見た目にも関わらずリーチェの婚約者であるハーキン・アシェットはいつも優しかった。

きつい見た目に悩むリーチェを慰め、元気付けるように色々な所に連れ出してくれた。

妹のリリアと同じように、か弱い女性としてリーチェにも接してくれた。

昔から妹ばかり注目を受け、姉であるリーチェは男性から避けられていたというのに、ハーキンだけは妹リリアと姉であるリーチェに対して態度を変えることなく、同じように接してくれた。

——それがどれだけ嬉しかったか。

——女の子、として接してくれる度にどれだけ胸が騒いだか。

——そのままの君でいい、と言われてどれだけ救われたか。

それなのに。

ハーキンが選ぶのも結局愛らしく、女性らしい妹リリアなのだ。

家が決めた婚約であっても、ハーキンとなら穏やかで優しい関係を築けると思っていた。

愛し愛され子を儲け、この伯爵家を後世に継いでゆく。そう思っていた。

それなのに。


「リ、リーチェ……これは、違うんだ……。その……っ」

胸に抱いていたリリアをべりっと離し、ハーキンが真っ青な顔でつらつらと言い訳を並び立てる。

だが、リーチェはそんな言い訳はもうどうでもいい。

何が違うというのか。

あれほど熱っぽく愛を囁き、リリアを抱き締め、口付け合っていたというのに。

──私には必要最低限しか触れないくせに。

おろおろとするハーキンと、見つかってしまったことで、ばつが悪そうに顔を背けるリリア。

ばつが悪そうにしているが、リリアの顔には慌てるような、申し訳ない、というような感情は浮かんでおらず、リーチェはぎゅっと自分の手を握り締めた。

「これには理由があって……その、リーチェ……」

リリアから離れてリーチェのもとにやって来るハーキンの靴の先が俯いた視界に入る。

無意識に俯いてしまったのだろう。

リーチェはそんな自分に小さく乾いた笑いを零した。

そして、自分の肩に触れようと腕を伸ばしたハーキンの手が見えた瞬間。

リーチェは奥歯をギリ、と噛み締めて思い切りハーキンの手を叩き落とした。

ぱしん、と乾いた音が朝の庭園に響く。

まさか手を叩かれるとは思わなかったのだろう。

ハーキンはじん、とわずかに痛みが走る自分の手のひらを、目を見開き見つめる。そして悲しそうな顔でリーチェに視線を向けた。

傷付いたような、苦しげな表情を浮かべるハーキンに、リーチェは胸がムカムカと苛立った。

(傷付いたのは私の方だわ。それなのになぜハーキン様がそんな顔をするの……!?)

ぎゅうっ、と唇を噛み締め、リーチェはハーキンを強く睨み付ける。

気持ちを強く持たなければならない。

自分の妹と愛を囁き合い、こんな場所で逢瀬を楽しんでいたハーキンなんかのために泣きたくない。

リーチェはそう思うことで必死に傷付いた自分の心を、ハーキンとリリアに悟られないようにひた隠す。

「リーチェ、話をしたいんだ！」

「……何を話すというのですか。私達の婚約のことでしょうか？　そうですね、このまま婚約を続ける訳にはいきませんものね。婚約解消……、いいえ、婚約破棄の手続きをしなければなりませんわね」

冷たく言い放ったリーチェに、ハーキンは縋るようにして言い募る。

「婚約破棄だなんて……っ！　そんなこと……っ」

その表情も、言葉も、傷付き震えていて。

なぜ、ハーキンが傷付いたような顔をするの、とリーチェは段々と怒りが込み上げてくる。

「私達の婚約は破棄する他ないでしょう？　だって、ハーキン様は妹のリリアと想いを通じ合わせていらっしゃるのだから。二人が婚約を結べるよう、私達の関係は解消いたしましょう」

リーチェが告げると、今まで俯き黙っていた妹のリリアが涙に濡れたか細く震える声を発した。

「ごめんなさ……ごめんなさい、お姉様……。駄目だと分かっていたのです……。ハーキン様はお姉様の婚約者……だから好きになってはいけない方だと、頭では分かっていたのです……！　けれど、ハーキン様を好きだと、愛しいと思う気持ちだけはどうしても消すことができなくって……！」

「リリア……！　君が謝る必要はない……っ、僕も……僕も悪かったんだ……っ。素晴らしい

婚約者がいるというのに、僕はリリアも愛してしまった……！」

しゃくりあげながら言葉を紡ぐリリアに、目尻を赤く染め庇うようなことを口にするハーキン。

（私はどうしてこんな茶番に付き合わされてしまっているのかしら……）

ひしっ、とお互い抱き合う二人を冷めた目で見つめながら、リーチェはこの場で話すことはもうないとでも言うように、くるりと二人に背中を向けた。

早く邸に戻りたい一心でリーチェは足を動かす。

だが、リーチェが背を向け、離れていくことに気付いたハーキンが焦ってリーチェの名前を呼び、呼び止めようとしているがリーチェはその声に応えるつもりはない。

（婚約破棄……。お母様はきっとすんなりと手続きをしてくれるわ……。けれど、お父様は……）

リーチェは2年前、同盟国のため自らの兵を率いて出征してしまった自分の父親のことを思い出す。

父親は長女であるリーチェの婚約を結び付けたあと、慌ただしく自国を出ていってしまった。

政略的な思惑があって、結ばれた婚約だ。

戦地に身を置く父親に自分のことで心配をかけたくない、と考えていたリーチェだったが今回の件ばかりは報告と、婚約破棄の手続きに連絡を取らねばならないだろう。

（戦も……落ち着いて来たと聞いているから、お父様もきっと近いうちに戻られるわ……）

リーチェ！　リーチェ！　と、背後から何度も呼び止められるがリーチェはハーキンの声を無視して真っすぐ歩き続ける。

少し進んだ所で、背後からハーキンの悲鳴じみた声が上がった。

「リっ、リリア……！　リリア大丈夫か⁉　ちゃんと息をするんだ！　泣きすぎてしまっては体に悪い！」

「——っ⁉」

ハーキンの声音に焦りの色が濃く滲む。

リリアの身によくないことが起きたのだろう。

ハーキンの焦りように、リーチェは慌てて振り向いた。

振り向いた先で、ハーキンの腕の中で力なく、くたりと体を預けるリリアの姿が目に入った。

リリアの顔色は真っ白で、とても具合が悪そうに見える。

「——リリ……っ」

「何の騒ぎなの⁉」

リーチェが声を上げるのと、庭園の入り口付近から女性の声が聞こえてきたのは同時で。

朝から庭園で騒いでいるのが伝わってしまったのだろう。

もしくは邸の中から見えたのかもしれない。

リーチェの背後から、慌ててこちらにやって来る足音が聞こえてきて、リーチェはゆっくり振り向いた。

聞き慣れた声、見慣れた姿。

リリアより、リーチェとよく似た容姿の女性が真っ青な顔で立っていた。

「──お母様」

「どきなさい！」

リーチェが母親、フリーシアの名前を呟いた瞬間、フリーシアは目の前にいたリーチェを突き飛ばし、リリアに駆け寄った。

ずしゃっ！　と派手な音を立て、リーチェは地面に倒れてしまう。

だが、リーチェが転んだことになど目もくれず、フリーシアは慌ててリリアの下へ駆け付け、ハーキンの腕の中にいるリリアに向かって心配そうに声をかけた。

「──リリア、リリア……、可哀想に……！　息苦しいの？　息はできる？」

「おか、お母様……っ」

なんて可哀想に、とくしゃりと顔を歪めたフリーシアがリリアの頬を優しく撫でる。

そんなフリーシアに、リリアは泣きそうな顔でフリーシアの名前を呼んでいる。

その光景を、リーチェは上半身だけを地面から起き上がらせた状態でぼうっと見つめていた。


昔から、そうだった。

フリーシアは健康なリーチェよりも、病弱なリリアを溺愛しリリアばかりを気にかけ、心配する。

どんな時でもリリアを優先する母、フリーシアに子供の頃は母に甘えることもできず、リーチェは寂しい幼少期を過ごした。

体の弱いリリアは、子供の頃は頻繁に熱を出していた。リリアの看病のためにフリーシアは妹にかかりきりになることが多かったため、母の温もりをリーチェは知らない。

だがその分、父テオルクはリーチェをとても可愛がってくれた。健康で利発なリーチェを褒め、活発なリーチェに母の分まで愛情を注いでくれた。

それはとてもありがたいことだし、リーチェもテオルクを尊敬し慕っている。

だが、やはり幼い頃は母親を恋しがる気持ちが大きく、リリアばかりを構うフリーシアに寂しさを感じていたことも事実だ。だが、今ではリーチェも17になり、婚約者ができてからは昔のことを思い出すことは少なくなっていた。

けれど、久しぶりにフリーシアがリリアを大層心配している姿を見ると、幼い頃の寂しさを思い出してしまったのだ。


リーチェは地面にへたりこんだまま、前方を見つめる。

リーチェの視線の先では、膝をつきリリアを心配するフリーシアの姿。

リリアを胸に抱き、心配するハーキン。リリアを見つめ、悲しそうな顔をしているフリーシア。

他人事のように三人の姿をぼうっと見ていたリーチェは、何だかおかしくなってきてしまった。

自分も家族の一員なのに、なぜかあの輪の中に入れない。「入ってくるな」と言われているような。はっきりと線引きをされているような気持ちになってしまう。

リーチェだってリリアのことは心配だ。だが、今リリアに近付こうものならフリーシアが確実に怒りをぶつけてくるだろう。近付かずとも、リーチェには分かる。

姉なのに妹を悲しませ、傷付けて恥ずかしくないのか、と言われることは簡単に想像がつく。

「——っ、姉が、妹に傷付けられるのはいいの……」

ぽつり、と風に消えてしまいそうなほど小さな声で呟いた。

リーチェの呟きはフリーシアにも、ハーキンにも、そしてリリアの耳にも届かなかった。

どれくらいの時間、座り込んでいたのか。いつの間にか庭園に使用人達が集まり、心配そうにリーチェに話しかける。

「お嬢様、大丈夫ですか……？」

放心状態だったリーチェは、使用人に話しかけられハッとして顔を上げた。

「——え……。あ、ええ、大丈夫よ」

無理矢理笑顔を作り出したリーチェは、その場に立ち上がり気丈に答えた。

ハーキンに抱えられたリリアにフリーシアが付き添い、その場を去っていく姿を眺めているうちに、使用人が集まってきたのだろう。

メイドの手を借り、リーチェはやっとその場に立ち上がった。邸に戻ったフリーシア達のあとを追う。

邸に戻り、倒れ込んだ時に擦りむいてしまった膝の怪我を手当してもらっている時。

リーチェのもとに使用人がやって来て、フリーシアが呼んでいる、と声をかけられた。

手当を終えたリーチェは、フリーシアの待っている部屋に向かう。

部屋の扉を開けたリーチェは、その場にリリアの姿がないことに驚く。

「失礼いたしま——」

「座りなさい」

リーチェが入室の挨拶を言い終える前に、フリーシアはリーチェの声を遮るように冷たく言い放つ。

リーチェに視線を向けることなく、顔を背けたままのフリーシアに何だか嫌な予感を感じつつ、リーチェはフリーシアに促されるままソファに腰を下ろした。

リーチェが座ったところを見るなりフリーシアは自分の額に手を当て、溜息を吐き出し冷たい視線を浴びせた。

「――リーチェ、話は聞いたわ。貴女は姉なのに、どうしてリリアを悲しませるようなことをするの？　あの子はとても体が弱いのよ？　言葉には気を付けなさいといつも言っているでしょう？　悲しませて、しまいには泣かせて……！　呼吸困難にでもなったらどうするつもりなの！」

睨まれ、責め立てられたリーチェは思わず言い返してしまう。

「ですが、お母様……！　私が話をしていた相手はハーキン様です！　リリアに対してどうこうするつもりはなくて……！」

「その場にリリアが同席していたのなら、同じことでしょう!?　それに、体が弱いリリアのために自分の婚約者の移り気くらい許しなさい！」

フリーシアにぴしゃり、と強く言われたリーチェは呆気に取られ、二の句が継げない。

「リリアがハーキンを慕っているのなら、姉である貴女が目を瞑るべきよ！　リリアが外でハーキンと仲睦まじく過ごしている訳ではないのでしょう⁉　邸の中で一緒に過ごすことくらい、大事な妹のためならば目を瞑るのが姉というものよ！　貴女は健康な体なのだから、それくらい我慢なさい！」

リリアのため。

リリアのことを思い、我慢するべきだ。

リリアより健康な貴女は、自由に外に出かけることができるではないか。

幼い頃から言われ続けてきた言葉が一気に頭の中に溢れ出す。

結局、フリーシアはリリアのことしか考えていないのだ。

リーチェだって同じ娘なのに、なぜかリリアばかりを昔から可愛がるフリーシアに、リーチェはぐっと唇を噛み締める。

「――ですから、ハーキン様と婚約を破棄したい、と話していたのです……」

ぎゅう、と強く握り締めた自分の手のひら。

強く握り締めすぎて、薄らと指先が白くなってしまっている。

その光景を、どこか現実味のない、ぼんやり霞かかった視界で見つめ、リーチェはハーキンと婚約を破棄したい、という旨をフリーシアに告げた。

ハーキンと婚約破棄したい。リーチェの言葉を聞いたフリーシアはぱっと表情を輝かせ「いい考えだわ」と頷いた。

「まあ……、それはいいわね。そうね、ハーキンのことを慕っているリリアが可哀想だものね……。姉の貴女が身を引くのは当然のことだわ。分かったわ。アシェット侯爵家には私から二人の婚約を破棄することを伝えるわ。それに、あの人にも報告をしておくわ」

「――あ、お父様には、私が……」

「いいえ。あの人にも私から手紙を送っておくから。リーチェ、貴女は何もしないで。婚約破棄が成立したら貴女に教えるから」

フリーシアはリーチェの言葉を遮り一人で全てを決めてしまう。そして話は終わりだ、とばかりにソファから立ち上がった。

部屋に戻っていなさい、とだけフリーシアに言われ、リーチェが返事をする前に部屋から退出してしまった。

恐らく、部屋にいるリリアの元に向かったのだろう。

ぱたん、と扉の閉まる音だけがいやに部屋に響いた。

あれから、1カ月。

あの日、体調を崩してしまった妹のリリアは数日間高熱を出して寝込んだ。

リリアに負担をかけたのはリーチェだ、とフリーシアに責められ、罰としてこの2週間リーチェは自室での謹慎を言い付けられていた。

その間も婚約者のハーキンは、何度もハンドレ伯爵家に足を運び、リーチェとリリアに面会を申し込んだ。だが、リーチェは謹慎中のため会うことなどできないし、そもそも会うつもりもない。

ハーキンはリーチェと会うことができずに帰宅するかと思えば、リリアと逢瀬を重ねているらしい。姉が駄目なら妹、というようなハーキンの行動に、リーチェは呆れ、もはや嫌悪感すら抱いている。

そして、1カ月経った今日。

リーチェの部屋に前触れなくフリーシアがやって来た。

リーチェの部屋に入るなり、フリーシアはソファに座り早口でまくし立てた。

「婚約破棄の手続きは問題なく進んでいるわ。ハーキンは貴女と婚約破棄はしたくないと言っているにも関わらず、貴女の我儘で婚約破棄を行うのだから、賠償は自分の資産から支払いなさい。我がハンドレ伯爵家は、アシェット侯爵家と婚約破棄を行うつもりはなかったの。けれど、貴女がハーキンと別れたい、と強く願うから仕方なく破棄の手続きを進めたのよ」

フリーシアは、リーチェが口を挟む暇を与えず、つらつらと言葉を続ける。

「賠償に関しては、貴女のドレスや宝飾品を売っては可哀想だ、とハーキンが言うので、あの人が貴女に譲った領地を賠償金代わりにアシェット侯爵家に渡すわ。ここに領地の権利書があるわ。リーチェ、貴女はハーキン・アシェットに領地の権利を全て譲る、とここに署名なさい」

「……っ、お母様……！　あの領地を勝手に賠償代わりに渡すなんて……！　あの領地は私が15歳の時にお父様から譲り受けた大切な領地です！　あの領地を渡すなんて、そんなこと――！」

それはあんまりだ、とリーチェが言い返す。だが、リーチェが拒否する姿勢を見せたことにフリーシアは不愉快そうな顔を隠しもせず、叱責する。

「黙りなさい！　口答えなんて、生意気だわ！　少しはリリアを見習いなさい！　あの子は自分が辛く苦しい時でも家のことを、姉である貴女のことを気にかけているというのに！　貴女は自分のことばかり！　恥ずかしい真似はやめなさい！」

「――～～っ、お母様っ！」

なぜ、自分にばかり辛く当たるのか。これはあんまりだ、とリーチェが言い返そうとしたとところで、バタバタと廊下を慌ただしく走る足音が聞こえた。リーチェが何事かと扉の方に顔を向けた瞬間、ノックの音が室内に響いた。

「――奥様、奥様！　今よろしいでしょうか⁉」

声の主はフリーシアの侍従、マシェルだ。

とても焦っているようで、マシェルの声を聞いた瞬間ソファに座っていたフリーシアの顔色が変わる。

慌ててソファから立ち上がり、部屋の入り口に足早に向かい扉を開けた。

「何事なの。今、リーチェと大事な話をして――」

「奥様……っ」

不機嫌な様子を隠しもせず、フリーシアがマシェルに話しかける。マシェルはちらりと部屋の中にいるリーチェを気にして、声を潜めてフリーシアに耳打ちした。

マシェルの言葉を聞いた瞬間、フリーシアが目を見開き戸惑う様子が、離れた場所にいるリーチェにまで分かる。

「――え」

声を潜めてはいたが、リーチェの耳にはしっかり言葉が届いていた。

その言葉を聞いた瞬間から、歓喜に胸が強く脈打つ。

マシェルの話を聞いたフリーシアは部屋から一歩出た所で、思い出したかのようにリーチェを振り返り口早に告げた。

「リーチェ。話は以上よ。あとで権利書に署名をして、私に届けなさい。いいわね！」

フリーシアはそれだけを言い渡し、マシェルを伴い慌てて去っていく。

力任せに閉められた扉をリーチェはじっと見つめながら、テーブルに置かれた書類に視線を落とす。

先ほど、慌てた様子のマシェルがフリーシアに告げていた言葉を思い出し、リーチェは自然と口角が上がっていく。

自分の話をちゃんと聞いてくれる人が。

理不尽にリーチェを否定しない人が、２年の出征を終えて帰って来る。

「——お父様が、戻られる……っ」

リーチェは嬉しさにじわりと涙を滲ませ、震える声を漏らす。

テーブルに置かれた領地の権利書。

リーチェは権利書を大切に持ち上げ、鍵付きの引き出しにしまい込んだ。

リーチェが自室で謹慎生活を送ること、数日。

あの日から、何やらフリーシアは慌ただしく動いている。権利書に署名をせず、権利書を届けないリーチェに会いにすら来ない。

邸内が慌ただしい雰囲気を醸し出している中、自室で静かに過ごしていたリーチェの所にメイドがやって来た。

「――お嬢様。本日、旦那様がお戻りになられます。お出迎えのため、お嬢様も正門まで来るように、と奥様が仰せです」

頭を下げたメイドから告げられた言葉に、リーチェは小さく笑い声を漏らしてしまう。

(お父様がお戻りになるのに、当日に知らせるなんて……。それに、正門まで来るように……？

出迎えの準備もできないじゃない……)

出迎えのために少し煌びやかなドレスを纏う時間もない。

支度のための使用人を手配すらしてくれない。

いつも通りだが、テオルクが戻って来る日にまで、こんな対応をするとは思わなかった。

リーチェは諦めたように溜息を吐き出したあと「分かったわ」と短く返事をして部屋をあとにした。

邸の玄関を出て、正門まで向かう。

数人の使用人がリーチェのあとを静かに付いて歩く。

正門が視界に入り、そして出迎えのために既に集まっているハンドレ伯爵邸の者達を見てリーチェは自嘲気味に笑った。

フリーシアはもちろん、妹のリリアもしっかりその場にいる。

いつものようにフリーシアの隣にリリアがいて、彼女に日傘を差す使用人。そして父親の出迎えのためにフリーシアが入念に準備をさせたのだろう。

リリアは今まで見たことがないドレスを身に纏っている。今日、この日のためにフリーシアがリリアのためにわざわざ準備したドレスなのだろう。

「——……」

リーチェは自分の姿を見下ろして、何とも言えない複雑な感情を抱く。

リリアに比べて自分は、普段から着ているデイドレスに、出迎えだから、と気持ちばかりドレスに合わせても浮いてしまわない、美しく洗練された装飾品で胸元を飾り、15歳の誕生日にテオルクから贈られた、誕生石の付いたイヤリングを付けている。

華美すぎず、けれど街へ出かけるには少し煌びやかな装い。

その程度しか準備はできなかったが、赤を基調としたデイドレスが逆にリーチェの美しさを際立たせており、しっくりとはまっている。

リーチェ本人は質素な装いになってしまった、と自分を恥じているが実際は出征から戻る父親の無事を喜び、華美すぎない装いが戦争の戦死者を思えば適切な装いに収まっている。

（それにしても……もうそろそろ戦争が終わりそうとは聞いていたけど……こんなに早くお戻りになれるとは思わなかったわ。もう数カ月ほどは時間がかかると思っていたけれど……。戦争を早く終結させるような何かがあったのかしら？）

父親と会えるのはまだ先だと思っていたが、嬉しい誤算でもある。

リーチェは正門に到着し、足を止めた。

フリーシアの少し後ろ。リリアとは反対側に控える。

煌びやかなドレスを纏い、華美な装飾品を付けたリリアとフリーシアが嫌に浮いてしまっているように感じて、リーチェはこの光景を見た自分の父親が眉を顰めてしまいそうだ、と考えた。

（私のような姿もどうかと思うけど……。お母様とリリアはやりすぎなようにも感じるわ……。お父様が怒らなければいいけれど……）

そう考え、リーチェは背筋をしゃんと伸ばして姿勢を正す。

いつ、いかなる時でもしゃんと背を伸ばし、凛と立つ。

誰もが憧れるような人になりなさい、とテオルクに言われた通り、その言葉を頭の中で思い出し、いつも凛とした清く正しい父親の姿に少しでも近付けるように。

そして、2年ぶりに会うテオルクに「成長した」と感じてもらいたい。

どきどき、と胸を弾ませて待つことしばし。

馬の嘶きと、地を強く穿つ馬の足音が聞こえてきて、リーチェはお腹の前で組んだ手に力を込めた。


多くの馬の嘶きが聞こえ、馬の足音が近付く。

音が近付くにつれ、リーチェが見つめる道の先に大勢の人影が見えた。

先頭を走るのはリーチェの父親、テオルクだ。

リーチェはテオルクの変わらない姿に目頭がじん、と熱を持った。

大きな怪我も見当たらず、リーチェと同じ色の髪の毛は2年前より伸びていて、後ろで軽く括っている。

だが、精悍な顔つきも、真っすぐ前を見据える力強い白銀の瞳も何一つ変わらない。

リーチェはテオルクの姿に感動し、父親の姿にばかり注視していたが母親とリリアは違うようで。

なぜか隣から息を飲む音が聞こえ、母親が小さく「なぜあの方が……」と呟くのが聞こえた。

だがリーチェがその呟きに気付くことはなく、そうしているうちにリーチェ達の前にテオルクの一行が到着した――。


低く、よく通るテオルクの声が聞こえ、リーチェは下げていた頭を上げる。

「出迎えご苦労」

「無事のお戻り、大変嬉しく思います」

「お帰りなさいませ、お父様！」

同じように頭を上げたフリーシアが帰還の挨拶を述べ、そのあとに嬉しそうに満面の笑みでリリアが続けた。

フリーシアとリリアの言葉にテオルクは軽く頷きつつ馬から軽やかに下馬し、使用人に馬を任せた。

次にゆっくりとテオルクの顔がリーチェに向いた。

その瞬間。リーチェはきゅう、と唇を噛み締め、溢れ出しそうになるさまざまな感情をなんとか胸に押さえ込んでから、テオルクに向かって口を開いた。

「お帰りなさいませ、お父様。ご無事で本当に……本当によかったです……」

「――ああ。私は無事だよ、リーチェ。2年見ないうちにずいぶん大人っぽくなったな。娘が美しく成長していて驚いた」

リーチェの言葉に、先ほどまで厳しい表情を浮かべていたテオルクはふにゃり、と様相を崩し、嬉しさを隠しきれないように微笑む。

リーチェに近付き、頭をくしゃくしゃ、と撫でるテオルクの手の温もりを久しぶりに感じていると、リーチェとテオルクのやり取りが不満なのだろう。

ぷくっ、と頬を膨らませたリリアが二人の会話に割り込むようにして言葉を発した。

「――お父様っ！　あそこにいらっしゃる男性は一体誰なのですか？　ハンドレ伯爵家の新しい私兵ですか？」

「――っ、リリア……っ！」

リリアが言葉を発した瞬間、隣にいたフリーシアが顔を真っ青にしてリリアの口を自分の手で塞ぐ。

――男性？

リーチェはテオルクの姿しか目に入っていなかった自分を恥じる。

リリアがすぐに気付いたということは、この兵達の先頭付近を走っていた、ということ。

（――そういえば……！　お父様のすぐ隣に人影があったわ……！　ということは、とても大事なお客様……、それも身分の高い方なのに、私ったらその方にご挨拶もせずに……っ）

リーチェが顔を真っ青にしているのを、目の前にいるテオルクは苦笑しつつ見下ろし、そしてリリアに厳しい視線を向ける。

「――リリア。その方は我が軍の命の恩人だ。そのようなふざけたことを口にするな」

「も、申し訳ございませんあなた……。リリアも、頭を下げるのです」

フリーシアとリリアがテオルクに頭を下げたあと、その男性にも続けて頭を下げている。

リーチェも挨拶をしなければ、と改めて体の向きを変えてその男性の姿を目に入れた瞬間――。

ぎょっと目を見開いた。

「――っ、カイゼン・ヴィハーラ卿(きょう)……っ!?」

なぜこんな所に国の英雄、と言われるヴィハーラ公爵家の三男、師団の団長を務める騎士がいるのだろうか、とリーチェが驚いていると。

下馬したカイゼンがリーチェに視線を向けてふわりと微笑んだ。

「初めまして、だろうか？　リーチェ嬢のことはお父上であるハンドレ伯爵からよく聞いていた。だから一方的に親しみを持っていてな。初対面という気がしない」

「あ、ありがたいお言葉でございます……！　その、父の軍の恩人、とは一体……？」

柔らかく微笑み、話しかけられてリーチェはどきまぎと鼓動を速めつつ、胸に手を当て腰を折るカイゼンにカーテシーを返す。

カイゼンが伯爵家の夫人であるフリーシアより先にリーチェに挨拶をした、という違和感。

普段のリーチェであれば、その違和感に簡単に気付けただろうが、テオルクが無事に戻った喜びと、その恩人として紹介された、公爵家の三男であるカイゼンの登場に混乱してしまっているため、リーチェはその違和感にちっとも気付けなかった。

だが、フリーシアよりも先に挨拶を返してしまったリーチェを、父親であるテオルクも、カイゼンも。そして伯爵家の私兵——騎士達も誰一人として咎めない。

まるで自分の存在などないもののように扱われたフリーシアは、羞恥に顔を真っ赤に染め上げ、リリアは姉であるリーチェだけがテオルクに優しく声をかけられたという不快感。それにカイゼンほどの地位の者、何よりハーキンなど足元にも及ばないほどの容姿端麗なカイゼンに優しく笑いかけられているリーチェが憎たらしく感じて、悔しさで目眩を覚えた。

テオルクはカイゼンに伯爵邸を示し、「こちらへどうぞ」と声をかけたあとにリーチェを手招いた。

「リーチェ。カイゼン卿を客間に案内してくれ。彼らの軍が助けに入ってくれなければ、我が軍は敵の奇襲を受けて甚大な損害を被るところだった。陛下が祝勝会を開催してくれる予定なのだが、それまで我が邸にお招きしたんだ」

「――そうだったのですね⁉　かしこまりました。ご案内役、しっかりと務めさせていただきます」

「そんなに気負わなくても大丈夫だ、リーチェ嬢」

和(なご)やかに、笑顔で会話をしながら邸に足を向ける三人。

呆気に取られるフリーシアとリリアを振り返り、テオルクは感情の読めない平坦な声で告げる。

「ヴィーダの姿がないが、彼はどうした？」

「――っ、その……、ヴィーダは高齢なこともあり、あなたが出征後体調を崩してしまって……執事を辞めたの……」

「そうなのか……？　私の稽古(けいこ)に付き合ってくれるほど健康だったのにな……。年には敵(かな)わんということか……」

執事であるヴィーダという男性は、古くからこのハンドレ伯爵家に仕えていた。

フリーシアが言うように、確かに高齢である。

だが、体調管理をしっかりとする人でもあり、テオルクが出征する前までは伯爵の右腕と言われるほど、当主の仕事を把握(はあく)し補佐を行っていた。

そして、テオルクが2年前に戦地に出征してから。

確かにヴィーダの体調は悪くなっていた。

咳き込むことが増え、日に日に元気もなくなっていたのを覚えている。

当主であるテオルクが戦地に向かったということで、最初は元気がなくなってしまい、風邪でもひいてしまったのだろうかとリーチェは思っていたのだが、結局ヴィーダの体調は快復することなく、テオルクが出征してから半年も経たずに執事の職を辞して、実家に帰ってしまった。

テオルクからちらり、と視線を向けられたリーチェはこくりと頷いた。

フリーシアの言っていることは本当だ、と返事をしたのだ。

「——ふむ、そうか……。ならば私が戻ったことをヴィーダにも伝えておかねば。もし体調が戻っていれば久しぶりに顔を見たい」

「そ、そうですわね……。手配させます……」

どこか歯切れ悪く答えるフリーシアに、リーチェは首を傾げたがそのまま邸に向かった。

2年前と違い、フリーシアを一切見ないテオルク。

出征前はフリーシアや、リリアにもよく笑顔を見せていたというのに。今、テオルクから笑顔を向けられるのはリーチェのみだ。

何かあったのだろうか――。
リーチェが不安そうにテオルクに視線を向けると、テオルクは今までと変わらぬ笑みを浮かべて不思議そうにリーチェに視線を返し、首を傾げていた。

あれから。

邸に入ったリーチェはテオルクと別れ、カイゼンを客間に案内していた。

「ヴィハーラ卿、こちらの部屋をお使いください。何かご入用でしたらベルを鳴らしていただければ、すぐに使用人が参りますわ」

「ああ、ありがとうリーチェ嬢」

客間の扉の前に立ち、部屋はここだと案内するリーチェに、カイゼンは常に微笑みを浮かべたままだ。

にこにこと嬉しそうな笑顔を浮かべるカイゼンに、自分の父親は一体どんなことを彼に話していたのだろう、とリーチェは些か不安になってしまう。

噂で聞いていたカイゼン・ヴィハーラという人物像と、今目の前にいる本人。まるでかけ離れているではないか、とリーチェは独りごちる。

カイゼン・ヴィハーラはヴィハーラ公爵家の三男だ。

当時、16歳の最年少で騎士団の師団長にまで上り詰め、それ以降国境線での諍(いさか)いや戦で力を発揮して大きな戦に発展することを防いだ。その功績を認められて、昨年に騎士爵を賜(たまわ)っている。

戦場での姿は、まるで鬼神を彷彿(ほうふつ)とさせるほどの強さを誇り、指示も的確。敵にも情け容赦ない性格からカイゼン本人も恐れられている。

深海を思わせる濃紺の髪の毛は返り血を浴びて真っ赤に染まり、赤銅(しゃくどう)の瞳は眼光鋭く周囲を見渡す。

恵まれた体躯(たいく)と、整いすぎた容姿が敵にも味方にも畏怖を感じさせる恐ろしい武人だ、というのが国内でのカイゼンに対する人々の印象だ。

けれど、実際に本人を目の前にして見れば。

リーチェより2歳年上の19歳。年相応の笑顔を浮かべ、女性に対して紳士的に振る舞う姿から、戦場でそれほど恐れられる人物には到底見えない。

だが、そんなカイゼンが助けに来てくれなければ自分の父親はもしかしたら命を落としていたかもしれない。

リーチェはしゃんと背筋を伸ばし、カイゼンに向き直る。

「――？　リーチェ嬢？」

リーチェの畏まった態度に、カイゼンはきょとんと目を丸くする。

どうしたのか、とカイゼンが声をかける前にリーチェは「貴族として」正式な礼を執った。

「このような場で、お伝えすべきことではございませんが……。どうしてもお伝えしたく。お許しください」

「……何だろうか？」

「カイゼン・ヴィハーラ卿。この度は我が父、テオルク・ハンドレの窮地をお救いいただき、まことにありがとうございました。この御恩は決して忘れません」

「……っ」

しっかり目を見て、真摯に思いを伝えてくれるリーチェにカイゼンは優しく目を細めた。

リーチェを見つめるその眼差しは、どこか懐かしむような、瞳の奥に微かな熱を帯びていて。

だがリーチェはお礼を告げたあと、頭を下げていたのでカイゼンの視線には気付かない。

カイゼンがほんのりと頬を染め、リーチェに声をかけようとしたところで——。

「リーチェ……っ！　リーチェ……!!」

玄関ホールの方向から聞き慣れた、けれど二度と聞きたくないと思っていた男の声が聞こえ、リーチェは眉を顰めた。

くるり、と玄関ホールの方向に振り返ったリーチェは、視界に入った人物にぐっと拳を握り締めた。

フリーシアから自室での謹慎を命じられた2週間。ハーキンが何度も訪ねて来ていたのはリーチェも知っている。

だが、リーチェは謹慎中であった。

フリーシアがリーチェとハーキンの婚約破棄について手続きをしていると言っていたため、ハーキンと特別会う必要はないと判断したのだ。ハーキンからの手紙も、会いたい、という申し出も今日まで全部断っていたのに。

いつまで経ってもリーチェと会うことができない現状に、痺れを切らしたのだろう。

ハーキンは訪問の許可を得ていないのに、無理矢理ハンドレ伯爵邸にやって来たようだ。

「――っ、なんという不躾な……っ」

小さく漏らしたリーチェの声がカイゼンの耳に届いたのだろう。

カイゼンはぴくり、と眉を動かしたあと、自身の腰に差している長剣の柄に手をかけつつ、話しかけてきた。

「リーチェ嬢。見知らぬ相手だろうか？　それならば、私が対応しようか？」

「えっ!?　だ、大丈夫です、ヴィハーラ卿！　その、知り合いです……。帰宅するように伝えます。ヴィハーラ卿はどうぞ、お部屋にお入りください」

カイゼンに対応を任せてしまったら、何だか大変なことになりそうで。それにお客様として招いたカイゼンに対応など、させる訳にはいかない。

リーチェは真っ青な顔で慌てて首を横に振った。

ハーキンがこれだけ騒いでいれば、テオルクの耳にも入るだろう。きっとテオルクが対応してくれるし、そもそもハンドレ伯爵家の恩人にこのような些事で時間を取らせてしまうのは忍びない。

だからこそ、リーチェはカイゼンに問題ないから部屋へ、と促したのだがカイゼンは玄関ホールから聞こえるハーキンの声が気になるのだろう。

玄関ホールに顔どころか体ごと向けてしまい、手摺に手をかけて身を乗り出し、階下の玄関ホールの様子を窺い始めてしまった。

家のごたごたを知られてしまうという恥ずかしさに、リーチェは沸々とハーキンに対して怒りが込み上げてくる。

恥ずかしい、みっともない、使用人は頑張ってハーキンを追い出して。

と、心の中で願うが、流石に侯爵家の次男でもあるハーキンを無理矢理どうこうできるような使用人はいない。

「――リーチェ！　リーチェ、話があるんだ。もう一度考え直して欲しい。僕はリーチェ以外と結婚するつもりはないんだ……！」

「……まだあのようなことをっ」

「……」

ハーキンは喚きながら邸に入って来る。玄関ホールから二階に続く大階段に足をかけ、階段を上って来てしまっている。

ハーキンが口にした言葉で、カイゼンにも知られてしまっただろう。

婚約者との間で諍いが起きていて、そしてそれを解決できていないという体たらくを。

リーチェが自分の額に手を当て、呆れたように言葉を紡いでいる横で、カイゼンの掴んだ手摺がみしり、と嫌な音を立てた。だが幸いにもリーチェの耳には届いていない。

「――あっ！　リーチェ……っ！　よかった、今日はリーチェと会えた……っ！　リーチェの部屋に行こう、そこで僕と今後について話し合おう！」

「話すことなどもう何もないというのに……。お客様がいらっしゃっているのです。お帰りください」

階段を上り、リーチェに近付きながら必死に乞うハーキンに、リーチェは取り付く島もなく、使用人にハーキンを追い出すように指示を出す。

部外者である、と自覚しているカイゼンが口を挟まずに二人のやり取りを見守っていると、リーチェの「お客様」という言葉に反応したハーキンがそこでやっとカイゼンの存在に気付き、眉を顰めた。

「な、なぜ他の男と一緒にいるんだ、リーチェ……！　僕とはまったく会ってくれなかったのにその間リーチェは他の男と逢瀬を重ねていたのか⁉」

「本気で仰っているの？　この方がどなたか、ご存知ない訳ないでしょう？」

「ああ、嫌だ嫌だ！　君の口から他の男のことを聞きたくない……！　お願いだ、リーチェ……！」

カイゼンの姿を一度も見たことがない、なんてことは有り得ない。

この国の英雄であり、リーチェだって何度か凱旋式でカイゼンの姿を見ているのだから。

それなのにカイゼンを知らない、と言い退けるハーキンは目の前にいるリーチェのことで頭の中がいっぱいになっているようで。

だからこそリーチェの言葉に聞く耳を持たず、ハーキンは自分勝手な勘違いをして突飛な行動に出た。

階段を駆け上って来た勢いそのままに、ハーキンはリーチェを抱き締めようとしたのだろう。

自分の両腕を広げ、ハーキンはリーチェに迫った。

「――ひっ」

ハーキンの行動の意図を悟り、リーチェは急いで後退しようとしたが、リーチェが逃げるより早く、ハーキンがリーチェの目の前にやって来る。

ハーキンに抱き締められてしまう、という嫌悪感にリーチェは背筋をぞぞ、と震えさせつつ思わず両目をぎゅう、と瞑った。

次の瞬間、ハーキンの伸ばした両手がリーチェの体に触れる寸前に、隣にいたカイゼンが一切無駄のない動作で素早く動いた。ハーキンの腕を掴んだカイゼンは、遠心力を利用しぱんっ、と足払いをかけてそのままハーキンを床に転がす。

「——!?　えっ!?」

何が起きたのか分からないのだろう。

ハーキンはころん、と廊下に転がったまま、驚きに目を白黒させている。

カイゼンは流石師団長を務めているとあって、ハーキンに怪我一つさせずに無力化させている。

鮮やかなその動きに、リーチェは感動すら覚えた。

転がっているハーキンは一拍遅れて、自分がどういう状況に陥っているのかを理解した。

よりにもよってリーチェの目の前で、無様(ぶざま)に転倒させられた。ということを理解して羞恥や怒りで顔を真っ赤に染め上げた。

「――き、きき貴様!?　まさか暴力を働いたのか!?」

ハーキンがカイゼンに向かって無礼なことを口にして、リーチェはぎょっと目を見開いた。

カイゼンは、ハーキンがこのような言葉遣いをしていいような人物ではない。

いくら混乱していても、ハーキンの態度は無礼すぎる。

今まさにカイゼンに掴みかかろうとしていたハーキンに、リーチェが慌てて口を開くより先にカイゼンは恐ろしく低い声で言葉を紡いだ。

「――女性に不躾に触れようとするなど、紳士的とは言えない。いくら顔見知りの仲とは言え、礼儀は必要だ。同じ男として恥ずかしい行動をするな」

「は、恥ずかしいだと……!?　僕はリーチェの婚約者だ……！　将来結婚するのだからリーチェに触れるのは当然のことで、部外者に咎められる必要はない！」

ハーキンが口にした「婚約者」という言葉に、カイゼンは不愉快そうに眉を顰める。

「――この男がそうなのか……」

「ヴィハーラ卿、彼をご存知なのですか……？」

なぜかは分からないが、ハーキンの名前を知っているような様子のカイゼンに、リーチェはきょとりと瞳を瞬く。

リーチェとカイゼンの会話を聞いていたハーキンは、「ヴィハーラ卿」という言葉を聞き、ようやく自分の目の前にいるカイゼンが、あのヴィハーラ公爵家の三男であり、師団長であるということに気が付いたのだろう。

顔を真っ青にして、がたがたと体を震わせ狼狽え始める。

「なっ、なぜあのヴィハーラ師団長がここに……!?」

慌てふためき、ハーキンが声を震わせ、カイゼンに視線を向ける。

ハーキンの言葉を受け、カイゼンは冷たい声で答えた。

「私はリーチェ嬢のお父君に招待されたからだ。君は一体どんな理由でここに？　リーチェ嬢は君と会いたくなかった、というような態度だが……？」

カイゼンの言葉にハーキンがぐっと言葉に詰まる。

悔しそうに顔を歪め、どうやってリーチェと二人きりになろうか、と頭を悩ませている。

すると、この騒ぎが聞こえたのだろうか。廊下の奥から息を切らせ、誰かがこちらに向かって来る。

「ハーキン……！　どうしてここに来てしまったの……!?」

「リ、リリア……!?」

涙を溜め、ハーキンのもとにやってくるリリアが悲しそうに声を上げた。

そして、その背後からは青い顔をしたフリーシアと、怒りを顕にしたテオルクが足音荒く近付いて来た。

「ハ、ハンドレ伯爵……⁉　なぜ、ここに……」

もう戻って来たのか、と呟いたハーキンにリーチェは眉を顰める。

もう戻って来た、とはどういうことなのだろうか。

まるでテオルクの帰還はまだ先だと聞いていたかのような態度だ。

そして、伯爵家当主であるテオルクの帰還のタイミングを知ることができるのは、この邸では、当主の仕事を代行していたフリーシアと、補佐を行っていた侍従。そして、もしかしたらリリアも帰還の日にちを聞いていたかもしれない。

リーチェはそれくらいの人しか思い付かないが、テオルクの帰還はもともと予定していた日にちよりも早まったのだろうか。

だからこそ、連絡が上手くいっていなかった？

リーチェがそう考えていると、こちらにやって来ていたテオルクが到着し、リーチェの隣に立った。

「……報告は受けた。アシェット卿はリーチェと婚約していながら、妹のリリアにまで移り気を抱いたそうだな」

「そっ、それは……」

「言い訳は結構だ。君の望む通り、リリアと婚約しなさい。リーチェとは婚約の破棄を。もちろん、有責は君にある。そのように進めていいね？」

テオルクの言葉にフリーシアは真っ青な顔色のまま、恐る恐る口を開く。

「で、ですがあなた……。今回の婚約破棄はリーチェが言い出したこと、で。アシェット卿はリーチェと破棄はしたくない、と仰っているの。破棄をするのであれば、リーチェが責任を取るという形で、アシェット侯爵家とは話を進めているのです……」

たどたどしく言葉を紡ぐフリーシアに、テオルクは眉を顰め、怒りに満ちた表情でフリーシアに言葉を返す。

「なんだと？　そんなふざけた話が通ると思っているのか？　それならば私があちらの当主と直接話す。代理ではなく、当主同士で話し合いをして、片を付ければいいだろう」

「そ、そんな……あなた……！」

そんなことは望んでいない、とばかりにフリーシアが慌て、ハーキンはリーチェとやり直したい！　といまだに喚いている。

リーチェとやり直したい、と言いつつハーキンは悲しそうに泣きつくリリアを胸に抱いたままで。

リーチェはハーキンの優柔不断な態度に呆れてしまい何も言えない。そんな光景を見せられているのに、まさかやり直してくれると本気で思っているのだろうか。

馬鹿にするのも大概(たいがい)にして欲しい、と冷めた視線でハーキンを見ていたリーチェに、テオルクが話しかけてくる。

「リーチェも、それでいいか？　あとの処理は私がしてしまっても構わないか？」

「はい。私は婚約破棄ができさえすればいいのです。お父様に一任いたします」

「そうか、分かった。任せなさい」

ふわり、と微笑んだテオルクにリーチェも笑顔を返す。

リーチェから視線を外したテオルクは、笑みを消し去り使用人を呼んだ。

「アシェット卿がお帰りになる。見送りを頼む」

「は、伯爵……！　どうか話を……！　お願いします、リーチェと話す時間を僕にください！」

諦め悪くそう言い募るハーキンだが、テオルクはリーチェに「先に書斎に行っているように」とだけ伝え、足早にその場を離れていってしまった。

ハーキンは使用人に連れられ階段を降りていき、リリアは名残(なごり)惜しそうにハーキンの後ろ姿を見送っている。

そしてその場に残されたフリーシアは、恨みがましい視線をリーチェに送っていて。

フリーシアは、なぜここまでリーチェを憎むのだろう、とその様子を見ていたカイゼンは疑問に思った。


あの場から場所を移動し、リーチェはテオルクの書斎に向かっていた。

廊下を歩き、テオルクの書斎まであと少しという所で背後から軽やかな足音が聞こえてきて、リーチェは呼び止められた。

「——お姉様！」

「……っ⁉　リリア……？」

急いでリーチェを追って来たのだろう。

リリアは肩で息をし、自分の胸に手を当て呼吸を整えるために細く息を吐き出している。

リリアの呼吸が整うのを待ってやりながら、リーチェはちらりとリリアの背後を確認する。

彼女を溺愛している母も一緒にやって来ているのではないか、と背後を確認したがフリーシアの姿はない。リリアが単独でリーチェを追って来たようだ。

だが、なぜリリアがやって来たのだろう、とリーチェが首を傾げていると呼吸が整ったリリアが顔を上げ、リーチェと視線を合わせた。

「お姉様……」

「なあに？　リリア、貴女まだ病み上がりなのでしょう？　早く部屋に戻って休んだ方がいいわ」

つい先日までリリアは高熱を出して寝込んでいたと聞いている。

そんな状態だったのに走ったりしては体に毒ではないのか。早く部屋に戻り、休まなければまた熱を出すのではないか。

リーチェが心配し、そう声をかけると、リリアは首を横に振って自分の胸辺りで両手をぎゅっと握った。そして懇願するように口を開いた。

「――お姉様、お願いします。もうハーキンを解放してあげて……。ハーキンは私を愛してくれているんです……。けど、お姉様の婚約者だからってハーキンは自分の責務を果たそうとしていて……」

うるうるると、瞳を潤ませリリアは悲しそうな表情で続ける。

「愛するのは私だけれど、責任感の強いハーキンは自分の責務を果たさなければならない、とお姉様と婚約破棄することを拒んでいるのです！　だからお姉様からはっきりとハーキンに言ってあげて欲しいの！」

「……？　はっきりと伝えているわ。貴女、さっきの話を聞いていなかったの？」

リーチェは先ほど、皆の前ではっきりと「ハーキンと婚約破棄をしたい」と告げている。

リリアもその場にいて、聞いているはずなのになぜこのようなトンチンカンなことを言っているのだろうか、とリーチェは頭が痛くなってしまう。

リーチェの言葉に、リリアはきゅう、と唇を噛み締め声を震わせた。

「聞いて、いたけれど……。けれどハーキンは婚約破棄に応じていないのよ。お姉様とは婚約破棄しない、ってずっと言い続けているの。きっと自分の責任だから、とそう言い続けているのだわ。愛しているのは私なのに、それなのに愛していないお姉様と結婚しなければいけない、とハーキンは考えているのよ……！　そんなハーキンを見ているのは本当に辛くて……っ」

ううっ、と自分の口元を覆い、咽び泣き始めるリリアにリーチェは呆れ果て、何も言えなくなってしまう。

思い込みが激しいリリアは、リーチェ自身がハーキンと婚約を破棄すると言っているのにそれを信じていないようだ。

まるで自分が悲劇のヒロインとでもいうようにか細く震え、咽び泣くリリアにリーチェはこれ以上何かを伝えても信じてくれないだろう、と諦めた。

「それならば、貴女がしっかりアシェット卿を支えて慰めてあげなさい。とりあえず私はもう二度とアシェット卿と会うつもりはないし、話をするつもりもないわ」

「――っ、また！　そんなことを言って、お姉様はハーキンの気持ちを試そうとしているのだわ……っ。これ以上はハーキンも可哀想だし、愛されていないのにハーキンに固執するお姉様も可哀想よ……っ」

　リリアの頭の中では一体どうなっているのか。

　リーチェの言葉を信じておらず、リーチェはハーキンを愛していると今もそう信じ込んでいる。

（――確かに、婚約者として過ごしていた時はハーキン様に特別な感情を抱いてはいたけれど……。そんな気持ちもハーキン様とリリアのあの光景を見てしまえば一瞬にして冷めてしまうわ……）

　リーチェはこれ以上リリアと話をしても無駄だろう、と考えて書斎に向かっていた足を再び動かした。

「リリア、私とアシェット卿はもう何の関係もないわ。あとは貴女の好きになさい」

　ちらり、と後ろを振り返りいまだ悲しそうに泣くリリアに告げたリーチェは、今度こそしっかり前を向き、書斎に向かった。


　書斎に到着したリーチェは、テオルクを待った方がいいのか、それとも勝手に中に入って待っていいのか悩んでしまう。

　扉の前でどうしようか、と悩んでいたリーチェの所にテオルクがやって来た。

テオルクはリーチェの姿を見た瞬間、笑顔を浮かべた。

「すまない、リーチェ。待たせてしまったな、入ろう」

テオルクはリーチェの隣にやってくると、書斎の扉を開けて中に入るよう促した。

「呼び立ててすまないな、リーチェ。少し聞きたいことがあるのだが、いいか？」

「もちろんです、お父様」

ソファに座りなさい、と促すテオルクに礼を告げリーチェは腰を下ろした。

テオルクもリーチェの目の前のソファに腰を下ろし、疲れたように眉間を揉んでいる。

「申し訳ございません、お父様。出征後のお疲れのところ、このような騒ぎを起こしてお手を煩わせてしまいました……」

「煩わせるなんて言葉はよしてくれ、リーチェ。よかれと思い、ハーキン・アシェット殿との婚約を整えてしまった私が悪いのだ。あれほどまでに優柔不断で、移り気な人間だとはな……私の失態だ。心配せず、私に全て任せておきなさい」

「ありがとうございます、お父様。……その、それにしても、今回の一件をお父様はどちらで知ったのですか？　お母様は恐らく詳細をお伝えしなかったでしょう？」

リーチェが質問をすると、途端にテオルクは苦虫を噛み潰したような顔になる。

「そうだな……。妻はむしろ今回の一件は私に報告せず、内々に済ませようとしていたようだ」

「――えっ⁉」

テオルクの言葉に、リーチェは信じられないと目を見開いた。

「カイゼン卿に我が軍が助けられたと話しただろう？　そのお陰で敵国との戦も勝機が見え、早々に片が付いたのだ。カイゼン卿は私達の恩人であると同時に、我が国が甚大な損害を被るところを救ってくれたんだ。本当に助けられた。それで、帰還が早まったのもあり、ここ最近の邸の様子を探らせた」

「――っ！　そうだったのですね。カイゼン・ヴィハーラ卿は本当に凄いお方です。……それで、お父様が知ることになった、と……」

「ああ、そうだ。以前からどうも違和感を覚えていて……。案の定、妻は婚約破棄のことも、ハーキン殿がリリアといい仲になっていることも、全部隠していた。私がこんなに早く戻って来るとは思わなかったのだろう。当主の権限を一時的に与えられたのをいいことに、隠してことを済ませようとしたらしい」

なんという母親だ、とテオルクは疲れたように額に手をやり溜息を吐き出している。

「お母様は……本当にリリアのことしか考えていらっしゃらないのですね……」

リーチェはぽつりと呟き、俯く。

悲しいという感情がじくじくと胸を刺すが、テオルクがソファから立ち上がりリーチェが無意識に握り締めていた手を優しく包んでくれた。

「もう大丈夫だ、リーチェ。これからは私が側にいるから、寂しい思いをすることはなくなる。それに、ハーキン殿が足元にも及ばないほど、いい男を私が紹介する！」

「まあ！　ふふっ、ありがたいですが……。でもお父様、私しばらくは男性なんて懲り懲りです」

「ははは、そうだな。しばらくは私とのんびり過ごそうか」

二人で顔を見合わせ、笑い合う。

リーチェは久方ぶりに心の底から笑うことができて、荒んでいた感情が穏やかになるのを感じていた。

一頻り笑い合ったあと、リーチェの耳で揺れているイヤリングに視線を移したテオルクは「そういえば」と話し出した。

「15の時に私が贈ったイヤリングを大事に付けてくれているのは嬉しいが、デザインが少しばかり子供っぽいだろう？　今年の誕生日に贈ったイヤリングの方が、今のリーチェには似合うんじゃないか？」

今日の夕食の時にでも付けて来てくれ、と笑顔で告げるテオルクに、リーチェは言葉を失う。

「──え……」

そして、掠れた声を零すことが精一杯で。

リーチェの表情を見た瞬間、テオルクは先ほどまで浮かべていた笑顔を消し「まさか」と低い声で呟いた。

――テオルクが、自分の父親が、誕生日の時にプレゼントを贈ってくれていた。

プレゼントを贈ってくれていたことを初めて知ったリーチェは、唖然としてしまう。

テオルクからの手紙も、贈り物も。

この2年間に片手で数えられる程度しか手紙は来ず、贈り物など以ての外だ。

だからリーチェは、出征しているテオルクは戦地で大変な思いをしているのだろうと思い、手紙も必要最低限、送るようにしていた。

初めの頃は手紙を頻繁に送ってしまっていたリーチェだったが、テオルクから返事が返って来るのは三、四通に一度。

だから忙しい父の手を煩わせたくない、と考えたリーチェは手紙もあまり送らないように気を付けていたのだが――。

リーチェと同じようなことを考えていたのだろう。

しばし考え込んでいたテオルクは、ふっと視線を上げてリーチェと目を合わせ、問うた。

「出征してから、何度か手紙を送ったのだが……。リーチェから返事が戻って来るのは五回に一度程度だった……。頻繁に手紙を送っていたので、リーチェが嫌がってしまったか、と思って、手紙を書く頻度を減らしたんだ……。それに、誕生日には欠かさずプレゼントを贈ったし、あちらの地で珍しい工芸品や装飾品があった時にリーチェとリリアに贈っていたんだが……」

「私も……っ、私もです、お父様！　お父様に何度もお手紙を送ってしまい、大変な時に煩わせてしまっている、と思い……お返事が少なくなってきた頃から手紙をお送りするのは控えるように……。それに、お父様からのプレゼント？　ごめんなさい……私のもとには……」

「――っ、そうか……」

リーチェのために、リーチェを想い、テオルクが贈ってくれたプレゼントは何一つとしてリーチェの手元には届いていない。

テオルクは愕然としていたが、それも少しの時間だけで。

怒りを宿した瞳である一点を見つめる。

その方向は、リーチェの母親の私室がある方向で。

何かを察したのだろう。テオルクは溜息を吐き出したあと、気を取り直してリーチェに笑いかけた。

「何か手違いがあってリーチェの所に届いていなかったみたいだな。それならば、今度一緒に買い物に行こうか？　それとも、邸に宝石商や仕立屋を呼んでもいいな」

テオルクの提案にぱっ、と表情を明るくさせたリーチェは頷きかけたが、テオルクに窺うように視線を向けた。

「邸に呼ぶのもいいのですが……。で、できればお父様と一緒に街に行きたいです。その、お仕事が落ち着いたあとで結構ですので……」

「街へ？　そうか、そうだな……行こうか。そうだ、我が家に滞在しているカイゼン卿も誘って三人で行こうか。彼は街に詳しいから色々と案内してもらおう！」

「えっ!?　ですが、ヴィハーラ卿はお客様です。お客様に案内を任せてしまうのは……っ」

「大丈夫だ。彼もじっとしているのは性に合わないと言っていたし、体を動かしたいだろうからな」

話が一段落したところで、テオルクはテーブルにあったカップを持ち上げ、一口飲み込み喉を潤す。

カップを元に戻し、先ほどの和やかな雰囲気は鳴りを潜め、ふ、と真剣な表情を浮かべた。

何か、大事な話が始まる——。

ぴり、と室内の空気が緊張感に包まれ、そのことを理解したリーチェも浮かべていた笑みを消し、背筋を伸ばし姿勢を正す。

リーチェの目を真っすぐ見返し、テオルクはゆっくり口を開いた。

「……それで、リーチェに一つ聞きたいことがある。——ヴィーダのことだ」

「っ⁉」

ヴィーダ。

ヴィーダとは、ハンドレ伯爵家の執事である。

先代の伯爵、テオルクの父親の代から執事として伯爵家で働いており、親子二代にわたり、伯爵家当主の手助けをしてくれていた。

テオルクの父親の代から仕えているため、確かに高齢ではあるが、最後にヴィーダを見た時はまだまだ現役、と言っても差し支えないほどの気力を宿していた。

確かに風邪を引いてそれを長引かせてはいたが、それが原因で執事を辞めた、とフリーシアから聞かされた時、リーチェは大層驚いたのだ。

「ヴィーダは、自分の健康に気を付けていたし、私の剣の稽古にも付き合ってくれるほど、元気な爺さんだっただろう？　それが私が出征したあと、急に体調を崩して執事を辞めた、というのがどうしても信じられなくてな……。ヴィーダがいない間は妻と、誰が伯爵家の仕事を処理していたんだ？」

「確かに……言われてみればそうですね……。ヴィーダさんが、ある日突然辞めた。と言われて……。お母様に理由を聞いても体調を崩したからだ、としか言われなくって。伯爵家の仕事は、お母様と侍従のマシェルさんが行っていたようです」

「マシェル……。彼か……」

ふむ、と何事かを考え始めたテオルクに、リーチェは心配そうに見つめた。

「……一つ一つ、処理をしていくか」

「え？」

ぽつり、と呟いたテオルクの言葉が聞き取れず、リーチェが問い返す。するとテオルクはすくっ、とソファから立ち上がり、リーチェに「行こう」と告げた。

「リーチェに贈ったプレゼントは、恐らくリリアの所にあるはずだ。それを確認しに行こうか」

「リリアの所に……？　まさか、お母様が……？」

「ああ、考えたくはなかったが……。リーチェの所に届いていない、ということは十中八九リリアに渡したのだろう」

幼い頃からフリーシアはリリアを大層可愛がっていた。

病弱で、少しも目を離せないから仕方ないとリーチェも諦めていたが、テオルクがリーチェとリリア二人のことを考えて贈り物をしてくれたのに、それも全てリリアに与えていたのだとしたら酷すぎる。

伯爵家の長女だから、と厳しいのは分かる。

病弱な妹リリアにかかりきりになることも分かる。

けれど、リーチェへの贈り物を黙ってリリアに与える。これだけはやってはいけないことではないのだろうか。

それほど、自分は母親に嫌われてしまっているのか、とリーチェは無意識に自分の胸を押さえた。

「リーチェ？　大丈夫か……？」

「――！　はい、大丈夫ですお父様」

心配そうに声をかけてくれるテオルクに、リーチェは咄嗟に笑顔を浮かべ、問題ないと答える。

テオルクはただでさえ出征帰りで、疲れているのだ。

これ以上心配をかけたくない、とリーチェは笑顔で誤魔化した。

2章　きっとそれは最初から

　書斎を出た二人は、リリアの部屋に向かう。

　廊下を進み、歩いているとリリアの声がサロンの方向から聞こえてきて、二人は顔を見合わせた。

「……部屋にいないのか」

「あの子はまた……！　熱が下がったばかりなのに出歩いているのね……っ」

　外をフラフラしていては、また熱を出すかもしれない。

　自分の体調を把握して欲しいものだ、とリーチェが呆れ、テオルクはサロンの方向をひょいと手摺から乗り出して覗(のぞ)いた。

　するとそこにはやはりリリアがいるようで。コロコロと鈴の音が転がるような軽やかな笑い声が廊下まで響いている。

　使用人の誰かと共にいるのか、それともフリーシアだろうか。

　リーチェとテオルクがサロンにやって来ると、そこにフリーシアの姿はなく。使用人数人とお茶を楽しんでいるリリアの姿があった。

「――リリア。部屋にいなくては駄目じゃない」

「お姉様？」

リーチェの声が聞こえたリリアは、笑顔を引っ込めびくりと肩を震わせた。

先ほど、リーチェと話していた際に咽び泣いたせいだろうか。

リリアの目元は赤くなっていて、痛々しく見える。

リーチェとテオルクが姿を現したことで、サロン内にいた使用人達は慌てて頭を下げ、サロンから下がっていく。

困り果てたような表情を浮かべていたので、リリアに無理を言われお茶に付き合っていたのだろう。その時の光景が容易に想像できて、リーチェはリリアに向かって口を開いた。

「使用人の皆の邪魔をしてはいけない、といつも言っているでしょう？　皆には仕事があるのよ」

「だって……美味しいお茶を飲む時間くらいあってもいいと思うのです……。休憩だって必要だわ」

リーチェから窘められ、リリアは不服そうに唇を尖らせ反論する。

「皆は自分のタイミングで休憩を取っているわ。リリア、貴女が無理を言って付き合わせてしまったら、その分仕事が終わるのが遅くなってしまうのよ」

「～お父様っ、これは本当にいけないことなのですか⁉」

リーチェの言葉に納得できず、リリアは悔しそうにくしゃり、と顔を歪めてテオルクに泣きついた。

だが、テオルクは縋るリリアを慰めようとはせず、あっさりリーチェの言葉に頷いた。

「使用人には使用人の仕事がある。そんなに一緒に茶を飲みたいのであれば、専属の侍女と飲みなさい。──そんなことより、リリア」

「そんなことって……。酷いわお父様……」

眉を下げ、瞳に涙を溜めるリリアを気にせず、言葉を続ける。

「正直に言うんだ。私が出征している2年間、妻から頻繁に贈り物をもらわなかったか？」

「──え……。お母様、から……？」

「ああ。そうだ」

テオルクの言葉に、リリアは目元を赤らめたまま、きょとりと青い瞳を瞬かせあっさり答えた。

「お母様から沢山(たくさん)贈り物を頂いております。それがどうなさいましたか？」

リリアの返事に、リーチェもテオルクも想像していた答えが返ってきたとはいえ、少なからず衝撃を受ける。

「──やっぱり……」

「なぜそんなことをするのか……」

「え……？　お父様も、お姉様も何を驚いているの……？」

リーチェとテオルク、二人が失望したような表情を浮かべたことに、リリアはおろおろと狼狽えだす。

そんなリリアに、テオルクはまるで幼子に言い聞かせるように言葉を紡いだ。

「リリア。君は自分ばかり母親から色々と贈り物をもらって、何かおかしいとは思わなかったか？　姉のリーチェにも同じように贈り物が届いているのかどうか、気にしなかったか？」

「――？　どうしてお姉様を気にしなくてはいけないのですか？」

テオルクの言葉の意味が分からない、というようにリリアは訝し気に首を傾げる。

「それに、お姉様は私と違って健康な体を持っていますし、そちらの方がとても素敵な贈り物です。私はお姉様のように自由に外に出ることもできないし……学園にだって通うこともできなかったのですよ……」

不服そうにむすっと頬を膨らませて自分のドレスの裾を握り締めるリリアに、リーチェは何も言えなくなってしまう。本心からそう思っているのだろう。

太陽の光に長時間当たると具合が悪くなってしまうリリアは病的に白く、細い。

体力のないリリアは長時間歩くことができないため、街歩きもできない。そして、2年前にリーチェが卒業した学園にリリアは通うことができなかった。

リリアからしてみれば、健康な体を持つリーチェは自分より恵まれていて、何もかもを持っている、と思っているのだろう。

健康な体が一番いいではないか、とリリアは考えている。だからそれ以外の贈り物なんて姉には必要ない、とまで思っているのかもしれない。

テオルクはリリアの目の前に行き、ぎゅっとドレスを握り締めるリリアの手をドレスからそっと外してやる。

「リリア、その考え方は危険だ。自分と他人を比べる行為は、時にはいい結果を生み出してくれる。だが、必ずしもいい結果だけとは限らない。逆に、自分にとって不利益な事柄で比べる考え方に固執してしまうと、偏った思考を持った大人になってしまう。リーチェとリリアはたった二人きりの姉妹だろう？　姉妹で、家族なのだから。今回のことは残念だが、今後は二人で助け合っていけるように、人と比べる癖を直して大人になりなさい」

「――嫌よっ！　お父様はいつもお姉様、お姉様って！　お姉様の味方ばかりするんだもの！」

テオルクの言葉を聞いたリリアは、わっと声を張り上げテオルクの手を撥ね除けてしまう。

そして逃げるようにサロンの入り口に向かって走り出してしまった。

「リリア駄目よ！　急に走ったら体に悪いわ！　待ちなさい……っ！」

真っ青な顔でリーチェがリリアを呼び止めるが、リリアは振り返ることなくそのままサロンを飛び出して行ってしまった。

慌ててリーチェとテオルクがリリアのあとを追い、サロンから出る。

リーチェ達の視線の先で、廊下の曲がり角でリリアが人とぶつかってしまったのが見えた。

ぶつかった拍子に、後方に倒れてしまいそうになったリリアは、曲がり角から現れた男性——カイゼンに支えられていた。

「リリア……っ」

公爵家のカイゼンにぶつかり、粗相をしてしまったのでは、とリーチェがひゅっと息を飲み込む背後で、リーチェのあとを追って来たテオルクは不思議そうに首を傾げている。

「も、申し訳ございませんヴィハーラ卿……！　お怪我はございませんか!?」

「リーチェ嬢。はは、私は大丈夫だ。か弱い令嬢にぶつかられた程度で怪我をしていては、騎士は務まらないだろう？」

朗(ほが)らかに、怒った様子も見せず優しく答えるカイゼンに、リーチェは安堵(あんど)し胸を撫で下ろす。

「妹が大変失礼いたしました……。リリア、だから走ってはいけないと言ったでしょう？　我が家にはヴィハーラ卿を始め、騎士の方達が多く滞在しているのよ。皆さんの邪魔になってしまってはいけないわ」

倒れてしまうところをカイゼンに支えてもらったリリアは、リーチェに叱責されてますます嫌な気持ちになる
そして、自分を優しく支えてくれたカイゼンが目の前にいる、と思い出したリリアは、わっと泣き出してカイゼンの胸元に縋り付いた。

「いつもお姉様はこうだわ……！　いつも酷いことを仰る……！　なぜ私に厳しく当たるのですか!?」

「――ちょ、ご令嬢……っ、離してくれ……っ」

「リリア……！」

カイゼンを相手にリリアが泣きつく暴挙に、リーチェは顔色を真っ青にする。

リリアに泣きつかれた当の本人カイゼンは、悲鳴でも上げてしまいそうなほど嫌そうな表情を浮かべ、そしてこの状況をリーチェに見られていることに真っ青になった。

カイゼンの顔色が悪くなっていく様に、リーチェはカイゼンが怒りを覚えているのでは、と勘違いをして妹の失礼な態度に泣きたくなった。

ハンドレ伯爵家の恩人に対してなんと失礼なことを、と慌てふためいたリーチェがリリアをどうにかカイゼンから離さねば、と一歩足を踏み出したところで。

カイゼンが限界だ、とばかりに声を上げた。

「申し訳ない、ご令嬢……っ！」

「えっ、あ……きゃあっ」

べりっ！　と音でも立ちそうなほど、勢いよくリリアを引き剥がし、カイゼンは顔色を悪くさせたまま、リーチェとテオルクの方へそそくさと避難した。

リーチェの斜め後ろにいるテオルクに視線をやったカイゼンは、テオルクの表情を見た途端にむっとして口を開いた。

「……ハンドレ伯爵」

「ああ、いや……すまない。慌てる君の姿が珍しくて、つい……」

どこか含みのある二人のやり取りに、リーチェは不思議そうに、そしてカイゼンから無慈悲にも引き剥がされたリリアは、羞恥で顔を真っ赤に染めている。

どこか砕けた態度で話す二人に、出征中に打ち解けたのだろうか、とリーチェは考えていたが、それよりもリリアの無礼な行動を先に詫びなければ、と慌ててカイゼンに頭を下げた。

「ヴィハーラ卿。我が家の人間が大変失礼いたしました。……その、お怒りはごもっともなのですが……」

どうか許して欲しい、とリーチェがカイゼンの目を見つめ、謝罪の言葉を口にする。

リーチェにじっと見つめられたカイゼンは、見る見るうちに頬が赤く染まっていく。

カイゼンは自分の赤く染まった顔を腕で隠すように上げ、なんとか返事をする。

「だ、大丈夫だ……！　気にしていない……っ」

「ほ、本当ですかヴィハーラ卿？　ありがとうございます！」

ほっとしたリーチェがカイゼンに頭を下げたあと、二人のやり取りを優しげな眼差しで見つめていたテオルクは、ふとリリアに視線を移した。

「——で。リリア。走っていたけれど、体は大丈夫なのか？」

「——えっ？　あ、そう、ですね……今のところは……」

「そうかそうか。……もしかしたら成長し、少しずつ体が丈夫になっているのかもしれないな。出征中に怪我人を見てくれていた軍医も邸に滞在しているから体を診てもらおう」

「……ああ、それなら公爵家の軍医もタイミングよく邸に滞在している。二人の医師に診てもらえば安心するでしょう。いいですか、伯爵？」

「ああ。それは助かるよ、カイゼン卿」

二人の話を聞いたリリアは、自分の体を心配してくれるテオルクとカイゼンに嬉しそうに瞳を輝かせ、心配してくれているのよ、と言わんばかりに勝ち誇った笑みをリーチェに向けた。

場所を移動した一行は、リリアの母親も呼び寄せ彼女の部屋に集まっていた。

両家の軍医がリリアの診察を終えると、二人の軍医は同じ言葉を口にした。

「幼少期よりはお体も丈夫になっておりますね。食事の量を増やし、太陽の光にもしっかり当たり、運動も少しずつ始めてください。そうすれば体力も付き、今より丈夫な体になるでしょう」

よかったですね、とにこやかに告げる軍医がリリアの部屋を出ていき、軍医の説明を聞いたフリーシアは、ばつが悪そうに俯く。

フリーシアとは逆に、リリアは嬉しそうに笑顔を浮かべている。

リーチェは唖然と目を見開き、テオルクとカイゼンは「やっぱり」というような、どこか腑に落ちたように頷いていた。

「お母様！　お母様、聞きました!?　私、これから頑張れば体が丈夫になるんですって！」

嬉しそうに話しかけるリリアに、フリーシアは曖昧な笑みを浮かべて頷いた。

「リリア……。興奮しては駄目よ。お医者様も仰っていたでしょう？　ゆっくり、体力を付けないと……。今は体が弱いままなの、興奮したらまた熱を出してしまうわ」

「――でも！　信じられない……っ！　もしかしたら私もお姉様みたいに健康な体になれるかもしれないわっ！　そうしたら、ハーキンと結婚して、子供だって望めるかもしれないものっ」

両手のひらを胸の前で合わせ、嬉しそうにはしゃぐリリアにフリーシアは落ち着くように優しく告げている。

テオルクはそんな二人に近付き、低い声でフリーシアに話しかけた。

「フリーシア、少しいいか。別室で私と話をしよう」

「あ、あなた……」

フリーシア、と母親の名前を呼んだテオルクの顔は強張っていて、両親の雰囲気がどこか重苦しい。だがそんな雰囲気を気にもとめず、リリアは嬉しそうにテオルクに笑いかけた。

「お父様！　聞きましたか？　私、健康な体になれるかも……！」

「――ああ。聞いたよ、リリア。喜ばしいことだ。だからと言って、急に運動したりしてはいけない。軍医も言っていただろう？　ゆっくり体を慣らすんだ」

リリアは父親に優しく言われ、ますます嬉しそうにはにかみ、溢れんばかりの笑顔を浮かべる。

その間もフリーシアはそわそわと忙しなく視線を彷徨わせていて。

その様子を見たリーチェは困惑してしまう。

（お母様は……リリアの体の状態を知っていたのかしら……？　確か……お医者様から話を聞いていたのはいつもお母様一人だったわ。意図的に隠していたの……？　何のために……？）

リーチェが戸惑っているうちに、テオルクはフリーシアを連れて部屋を出ていき、カイゼンも淑女の部屋に長居はできない、と告げて早々に部屋を出ていってしまった。

そうして、室内に残ったのはリーチェとリリア二人だけになって。

嬉しそうに笑みを浮かべたリリアは、リーチェに近付いていく。

「ふふふっ、聞きましたかお姉様？」

「――え、ええ。よかったわね、リリア。これから頑張れば、自由に行動できる時間が増えるわね」

「ええ。ああ、でも……。ごめんなさい、お姉様」

「え？」

突然謝りだしたリリアの意図が分からず、リーチェは眉を顰める。

するとリリアは、リーチェと似たような青い瞳でリーチェの顔を下から覗き込む。リリアのキラキラと輝く青い瞳が半月のようににんまり、と歪み、リーチェを蔑むような下卑た感情が瞳に浮かぶ。

「私が健康な体を手に入れたら、お姉様には何も残らなくなっちゃいますね？　ハーキンもお姉様から離れていっちゃうし、私の体が健康になって、もしハーキンとの間に子供が生まれたら……。その時お姉様に旦那様がいなかったら……」

「――何を言いたいの？」

ぴくり、とリーチェの眉が跳ねる。

勝ち誇ったように歪んだ笑みを浮かべたリリアは、楽しくて、嬉しくて仕方がないというように笑みを深めた。

「お姉様、可哀想だわ……。だってハーキンは伯爵家を継ぐために仕方なくお姉様と婚約したけれど、当人であるハーキンは私と結婚するでしょ？　それで、伯爵家を継ぐ予定だったハーキンと私との間に子供が生まれたら、その子を跡継ぎにする可能性はとっても高いわ。ハーキンと婚約破棄をしたお姉様には何も残らないのよ。お姉様と結婚したがる男性はいるのかしら？　それを考えたら……。可哀想に思えてきて……」

可哀想、と言いながらクスクスと楽しそうに笑うリリアに、リーチェは眉を顰める。

「なぜそんな考えになるのかしら？　普通に考えて、ハンドレ伯爵家を継ぐのは長女である私の未来の旦那様よ？　それに、ハーキンと婚約破棄をするに至った経緯は皆に知られるはずよ。普通の人だったら、私を避けることはないわ」

「……？　お姉様の言い分はよく分からないけど……、今現在婚約者がいないお姉様より、愛する人がいて、その人から愛されている私の方が後継者を産む可能性は高いでしょう？　私にも、丈夫な体が手に入ると分かったのだし、これ以上お姉様に沢山のものを奪われないわ……！」

話は終わりだ、とばかりにリリアは自分の部屋の椅子に向かい、座ってしまう。

そして使用人を呼ぶベルを手にしたリリアを見て、リーチェはリリアの態度と言葉に憤りを

覚えたものの、これ以上この件について会話をしても無意味だ、と諦めた。

第一リリアはもうリーチェの存在を無視しているため、会話に応じる気配がない。

根本的に考え方が違うのだ。

リリアの考え方と、リーチェの考え方は大きく掛け離れている。

お互い、理解し合えない内容を討論することは時間の無駄である。

溜息を吐き出したリーチェは、部屋を出た。


外で待っていたのだろうか。

部屋を出た所で、廊下の壁に背を預けていたカイゼンは、リーチェが出てきたことに気付き、ぱっと顔を上げて話しかけてきた。

「リーチェ嬢」

「ヴィハーラ卿？　申し訳ございません、何かご用でしょうか？　お呼びいただければ……」

申し訳なさそうに眉を下げるリーチェに、カイゼンは慌てて首を横に振る。

「ああ、いや、大したことではないのだが、話したいことがあって」

「？　分かりました、サロンでお話を聞いてもよろしいですか？」

「ああ、それで構わない」

こくりと頷いたカイゼンに、リーチェは「それでは……」とカイゼンをサロンに案内する。

リーチェとカイゼンは世間話をしながらサロンに向かう。

カイゼンと会話をしていたリーチェはわずかに驚きを覚えていた。

身分の高いカイゼンと話すことは、普通であれば緊張や萎縮してしまうのだが、カイゼンは気さくに話しかけ、話題も豊富でそして聞き上手でもある。

高位貴族という身分でありながら、高位貴族にありがちな高慢さなど皆無で。高圧的な態度も一切なく、自然と会話が弾む。

リーチェ自身も気付かぬうちに自然に笑みを浮かべ、カイゼンと会話を楽しんでいるうちに、あっという間にサロンに到着した。

サロンに入り腰を落ち着けてから、ふうと一息ついたリーチェが切り出した。

「それで、ヴィハーラ卿……。お話とは一体？」

「――ああ、そうだな。すまない……」

リーチェの問いかけに、カイゼンは自分の顎に手を当て、自身の赤銅の瞳をきょろ、と彷徨わせる。

その様はまるで言葉を紡ぐのを迷っているように見えて、リーチェは不思議そうにカイゼンを見つめた。

「その……。リーチェ嬢は妹君の体のことを医者から聞いたことはなかったのか？」

「リリアの、ですか……？　はい。医者からの説明はいつも母が聞いておりましたから」

「そうか、父親であるハンドレ伯爵も……？」

「え、ええ……。毎回、という訳ではないのですが、出征前は父も数回に一度ほどはお医者様のお話に同席していたようでしたけれど、父の仕事の邪魔をしたくない、と母が気を遣っていたようで」

それが何か？　と不思議そうにするリーチェにカイゼンは「実は」と切り出した。

「ハンドレ伯爵が出征中にぼやいていた言葉を聞いたんだが……。その言葉は誰かの名前だった」

「父が、誰かの名前を……？　それは一体」

何が何だか分からない、といったリーチェの様子にカイゼンは言い出しにくいのか、一度ぐっ、と目を閉じてからその人物の名前を口にした。

「――フランツ、という名前だ」

「……！」

リーチェは耳馴染み(なじ)のある男の名前がカイゼンの口から紡がれたことに驚き、目を見開く。

なぜ、テオルクは出征中にその名前を口にしたのか。

そして、カイゼンはその男の名前をなぜ言いにくそうに、躊躇(ためら)いながら口にしたのだろうか。

リーチェは混乱しつつ、カイゼンの問いかけに答えた。

「その方は、我が家の専属医師です。リリアを診てくださっている方で……。父はなぜその名前を口にしたのか……」

リーチェは自分の口元に手を当て、考え込む。

「どうしてフランツ医師の名前をわざわざ戦地で……他にも何か口にしていた言葉はありませんでしたか？」

「いや。……その名前が私も頭に残っていて……リーチェ嬢も知っている名前なのか、と気になっただけだ。すまない」

身を乗り出して問うリーチェに、カイゼンはさっとリーチェから視線を外して再び沈黙してしまう。

カイゼンの態度はどこか不自然で。考え込む様子のカイゼンに、リーチェはますます疑問に思う。

このタイミングでなぜ、フランツ医師の名前が出てきたのか。

なぜ、テオルクは戦地で医師の名前を口にしたのか。他にもテオルクはどんな言葉を口にしたのだろうか。

そして、カイゼンはなぜ誤魔化すようにこの話を終わらせてしまったのか――。

リーチェは嫌な音を立て始める自分の心臓に、そっと胸元を押さえた。

カイゼンと医師の話をしたあの日から数日。

あれから、テオルクとフリーシアの関係はとても冷え冷えとしたものに変わった。

邸内の雰囲気もどこかピリピリとした緊張感が常に漂うようになってしまっていて――。

目に見えて変わってしまった二人の様子に、リーチェはカイゼンから聞いた「フランツ医師」の名前が頭の中で引っかかっていた。

――フランツ医師。

ハンドレ伯爵家の専属医で、リーチェもフランツとは何度か話したことがある。

とてもおっとりしていて、優しい雰囲気の男性だ。

線が細く、男性なのにとても美しい容姿をしている。初めてフランツ医師を見た時は女性と見間違うほど美しい顔立ちだったので、数える程度しか会ったことのないリーチェでもとても印象深く、記憶に残っている。

儚い見た目も、華奢（きゃしゃ）な体も。そして透き通るような白い肌もまるで誰かを彷彿（ほうふつ）とさせるようで。

「――……っ!?」

リーチェは自分の頭の中に一瞬だけ過（よぎ）った有り得ない考えに、慌てて自分の口元を覆った。

そして、その嫌な考えを振り払うようにして頭を横に振る。

「有り得ない、有り得ないわ……」

有り得ない、と口にはしたものの、リリアの少しだけ薄いブルーの瞳が、なぜかふっと思い出される。

リーチェやフリーシアは濃い青の瞳だ。それに比べ、リリアの瞳をよく思い出してみれば、二人より少し色味が薄い、綺麗（きれい）な空色。リーチェの瞳が海のようで、リリアは空のような青。

リリアは色素が薄いから、と今までは気にも留めなかったことが、今頃になってどんどん気になってしまう。

遠い昔に会ったことがあるフランツ医師。

そのフランツの柔らかく、優しい瞳はリリアの空色の瞳と、とてもよく似ていたのだ。

「……っ、待って……っ、じゃあ、いつから……っまさか、最初、から……!?」

信じられない、とリーチェは目を見開きその場に膝をついてしまう。

「――ぅっ」

自分が考えた、考えてしまった内容に吐き気がこみ上がり、その場にパタパタと涙が落ちる。

もし、最初からだったら。

もし、リーチェが考えていることが「真実」だったら。

「うっ、ぐ……っ」

気持ち悪くて気持ち悪くて、リーチェはその場で声を殺しつつ、蹲ってしまった。

リーチェが蹲ってしまったのは邸の廊下だ。

廊下にいた使用人がリーチェの名前を呼び、慌てて駆け寄って来る。

途端、騒がしくなる廊下と、その騒ぎを聞きつけた誰か。

「リーチェ嬢!?」

カイゼンがリーチェの名前を叫び、駆け寄ってきてくれる姿が視界に入った。

そこで、リーチェはぐわんぐわんと頭の中が揺れるような気持ち悪さにふっ、と意識を失ってしまった。


ふっと意識が浮上する。

「――……?」

見慣れた天井が視界に入り、リーチェはそこが自分の部屋であることに気付き、廊下で意識を失ってしまったことを思い出した。

先ほど、最後に自分の視界に入ったのはカイゼンだった。

もしかしたらカイゼンに迷惑をかけてしまったかもしれない、リーチェがそう考えていると、目を覚ましたことに気付いたのだろう。

メイドがハッとして、途端安心したような表情を浮かべる。

「──お嬢様！　よかったです、目が覚めたのですね！　旦那様、旦那様お嬢様が目を覚まされました！」

メイドが声を上げるなり、バタバタと慌ただしく近付いて来る足音が聞こえる。

リーチェが目を覚ますのを待っていてくれたのだろう。眠っていたベッドに近寄って来たテオルクが心配そうに顔を見せた。

「リーチェ、よかった……！　突然倒れた、と聞いた時はどれほど心配したか……」

「お父様……、申し訳ございません、私……」

「ああ、ゆっくりでいい。体は……？　辛いところや痛いところはないか？」

「はい、大丈夫です。ありがとうございます……」

起き上がろうとするリーチェの背を支え、サイドボードに用意されていた水の入ったグラスをテオルクが渡してくれる。

喉がカラカラに渇いてしまっていたリーチェは、ありがたくそのグラスを受け取り一息に飲み干した。

そして、ヘッドボードと背中の間にクッションを沢山置いてくれたお陰で、柔らかなクッションに背を預けたリーチェは落ち着いて室内を見渡す。そこで部屋の入り口の壁に背を預け、心配そうに様子を窺っているカイゼンの姿も見つけて、申し訳ない気持ちでいっぱいになり、頭を下げた。

気にするな、というようにカイゼンから微笑まれて、リーチェもカイゼンにゆるゆると笑みを返す。

けれどその場に、母親であるフリーシアの姿はなくて。

リーチェはそのことに少なからずほっとしてしまった。

今は、どんな感情でフリーシアと顔を合わせればいいのか分からなかったのだ。

今までのリーチェであればフリーシアの姿がないことに、わずかばかり寂しさを感じただろうが、今は逆にほっとしてしまう。

「リーチェ。本当に大丈夫か？　一度しっかり診てもらおう。医者を呼ぶから――」

「……っ、嫌です！　フランツ医師は呼ばないでください！」

「……っ⁉」

医者を呼ぶ、という言葉に血相を変えたリーチェが拒絶する。

その表情と、強い拒絶の言葉にテオルクは驚きに目を見開き、そしてくしゃり、と悲しそうに顔を歪ませた。

「……ここ数日、邸内の雰囲気がリーチェに強いストレスを与えてしまったんだな……。すまない。もっとリーチェの様子に気を配っていればよかった。……安心してくれ、医者は軍医を呼ぶ」

眉を下げ、辛そうに言葉を紡ぐテオルクに、リーチェも泣きそうになってしまう。

リーチェがわざわざ言葉にしなくとも、リーチェの拒絶の態度から。言葉から。

そして、今まで滅多なことでは体調を崩すことのなかったリーチェが、具合が悪くなるほど悩み、ストレスを感じていた。

いつも凛として、強気なリーチェの姿が今は弱々しく、小さく見える。

ピンと張った緊張の糸が切れてしまった途端、リーチェ・ハンドレという強い女性が崩れて、強い女性だったリーチェという存在が脆(もろ)く崩れ去ってしまいそうで。

「お父様……っ、何で……っ」

「すまない、リーチェ……。リーチェに負担をかけてしまうとは……。父親として失格だな……。

体を診てもらったら、私から話すよ……」

リーチェの頭を抱え込むようにして、テオルクは優しく、けれど強くしっかりと抱き締めた。

軍医を呼んでもらい、体を診てもらったあと。

リーチェの体調はしっかり休めば問題ない、ということが分かり、テオルクはほっと安堵の息を吐き出した。

「よかった……。ひとまず休んだ方がいいだろう？　リーチェの体調が今より回復してきたら……」

「いいえ、お父様。話してください。大丈夫です。ある程度予想はついていますから」

リーチェの体調を考慮して、カイゼンと共に部屋を出ようとしていたテオルクをリーチェは呼び止める。

先ほどは動揺してしまい、気分が悪くなってしまったが、落ち着いた今は覚悟もできている。

テオルクと視線を合わせ、しゃんと背筋を伸ばすリーチェにテオルクは困ったように眉を下げたあと、浮かしていた腰を再び椅子に下ろした。

背後から部屋を出ていく気配と、扉が閉まる音が聞こえた。気を利かせたカイゼンが退出したことが分かる。

テオルクは自分の前髪をくしゃり、と握り潰してからゆっくり口を開いた。

「リーチェが、想像した通りでほとんど間違いない……。妻は、フランツ医師と不倫関係を長年続けていたようだ……」

「やっぱり……っ」

リーチェはぐっと拳を握り締め、絞り出すようにして呟く。

そしてテオルクにどうしてそれに気付いたのかと問うた。

「フランツ医師とそんな関係だったなんて、知らなかった。違和感を覚えたのは、出征中だ……。カイゼン卿の軍が援軍としてやって来てくれて、その軍と合流後、公爵家の軍医殿が私のもとにやってきたんだ」

ぽつり、ぽつりとテオルクがことの経緯を話してくれる。

フランツ医師はハンドレ伯爵家お抱えの専属医、というはずなのに公爵家の軍医である人物がフランツ医師を他家で見たことがある、と教えてくれた。

最初その話を聞いたテオルクは専属契約をしているのに、と怒りを覚えたそうだが、医師の中には契約違反を犯し、こっそりと他の家と契約を行う者もいる。

そんなことをする医師は少数だが、医師が契約違反を犯してしまう理由としては契約金の少なさからそのような過ちを犯す者が多いそうで、テオルクは契約金が少なかったのか、と考え契約を見直そうかと考えたのだが、そこで軍医から嫌な噂を聞いた。

「噂、ですか……？」

不思議そうに呟くリーチェに、テオルクは緩慢な動作で頷いた。

そして、説明を続ける。

「契約違反を犯す医師は、ほとんどが金銭的理由からそのような行動に出るらしいが、中にはその家の夫人や、娘と淫らな関係を築く医師もいるらしい」

「……なっ！」

信じられない、と羞恥に頬を赤く染め言葉を失うリーチェに、テオルクは疲れたように溜息を吐き出す。

「そして、その軍医は医師の間では、フランツ医師にそのような噂が立っている、と教えてくれた。だから気を付けろ、と助言を受けた。だが、信じられなかった。そんなことを……自分の妻に限って医者と不貞を働いているなど……信じられる訳がなかったんだ」

初めのうちは、テオルクはそんな話など信じなかった。

だがそんな話を聞いたあとにリーチェの婚約破棄騒動である。

人を使い、調べてみれば全ての責任をリーチェに負わせようとしている自分の妻の行動に怒りを覚えたが、そこでふと、なぜ自分の妻は幼少期からリリアばかりを可愛がるのだろうか、と疑問に思った。

　思ってしまった。

　リリアの体が特別弱く、気にするのは母親として当然の行為だと、それまでは気にしていなかったが、途端に今までのフリーシアの行動が全て不審に思えてしまった。

　フランツ医師の診察を受け、結果を聞くのは大体がフリーシアで。

　テオルクが結果を聞くのは、数回に一度だけ。

　仕事が忙しいのだから、と気遣ってくれるフリーシアにありがたみを感じてはいたが、それがもし、逢瀬のためだったとしたら？

　自分によく似たリーチェとは違い、リリアは性格も見た目も何もかもが自分にも、フリーシアにも似ていない。

「そう考えてしまってから、もう駄目だった」

「お父様……」

「リーチェを出産後、妻の体調を診るためにフランツ医師が当時、頻繁に来ていた。その時に妻とフランツ医師が関係を持っていたとしたら。そして、生まれたリリアがフランツ医師との子供であるならば」

　テオルクが奥歯を噛み締めた音が、リーチェにまで聞こえてくる。

「あれほど、リリアばかりを可愛がる妻の行動に、妙に納得してしまった」

リリアを自分の子だと信じて、疑ったことなどなかった。だが、その話を聞いてからテオルクはひっそりリリアの出生について、そしてフランツ医師について調べていたらしい。

「……それ、で……。それで……フランツ医師の、なにが分かったのですか……」

俯き、ぽつりと言葉を漏らすリーチェに、テオルクはそっとリーチェの手を握る。

「……彼は、フランツ医師はあの美貌だろう？　だから若い頃から大層女性に人気で……。家庭を持っている女性とふしだらな関係になってしまうことが多かったみたいだ。そして、そんな女性達とフランツ医師の間には、数人の子供が生まれていることを確認した……」

「——っ、他の家庭でも、繰り返していたのですか⁉」

テオルクの言葉に、リーチェはぎょっとして悲鳴じみた声を発してしまう。

「表に出ているだけで、数件だ。このような事態は家門の恥だろう？　知らぬ間に握り潰し、表に出ていない件数もあると思う……」

「なんて、こと……。そんなことが本当にあるなんて……信じられません……っ」

「ああ。私だって信じたくなかったさ……。リリアが自分の娘じゃない可能性なんて、考えたくなかった。けれど、私の子ではない可能性が大きい……。だから、そこをはっきりさせないと」

テオルクは肩を落とし、申し訳なさそうにリーチェを見つめ、そっと頭を撫でる。

「リーチェに辛い思いをさせてすまない……。それに、自分の妻がそのような過ちを犯していることに気付けず、呑気に過ごしていた私を許してくれ」

「――お父様は何も悪くないじゃないですかっ！　悪いのは、過ちを犯してしまったお母様と、フランツ医師です！　お父様だって傷付いているのに、謝らないでください……っ！」

瞳いっぱいに涙を溜め、テオルクに向かってそう叫ぶリーチェにテオルクは泣き笑いのような表情を浮かべたあと、リーチェを抱き締めた。

そして、テオルクは数日前フリーシアにフランツ医師とのことを問い質した、と教えてくれた。

フランツ医師との関係を問い質したのはいいものの、フリーシアはその事実を決して認めようとはせず、話を拒絶している状態だ、とテオルクは説明してくれる。

テオルクの言葉に、リーチェは溜息を零してから、そっとテオルクを見上げた。

「だから最近、邸内の雰囲気が、その……」

「すまない。重苦しい空気だったな……」

「いえ。理由も分かりましたし、大丈夫です。それより……このままではいられませんよね？」

「ああ、もちろんだ。例え血が繋がっていなくとも、リリアは自分の娘だと思っているのは変わりないのだが……。伯爵家の後継問題に関わることはできない。ハーキン・アシェット殿と婚約が結び直された段階で、妻とは離婚するつもりだ」

離婚、という言葉がテオルクの口から紡がれ、リーチェの心臓がどくり、と嫌な音を立てた。

このようなことがあり、離婚するのは当然だ。フリーシアも離婚されてしまっても致し方ないことをしてしまっている。

「妻との離婚時に、リリアには酷なことをしてしまうが、ハーキン殿との結婚が成立する前に妻と共にこの邸を出ていってもらうつもりだ。リリアは納得しないだろうが、今後の後継者問題で不要な争いが起きるのを防ぐためにも、そのような措置を取る」

「——……っ、分かりました……」

リーチェは、この数日間でさまざまなことが起こり、到底想像だにしなかった衝撃的な出来事ばかりが起きている状況に、頭の中が混乱してしまいそうになる。

家族が、家族でなくなってしまう悲しみや苦しみはあれど、それは耐えなければならない。

リーチェはきゅっと唇を噛み締める。

「状況証拠だけで、決定的な証拠が今はまだ手に入っていない。けれど恐らく、そういうことになるだろう」

辛そうな表情を見せまい、と気丈な振りをするリーチェに、テオルクは申し訳なさや悲しみに眉を下げつつ混乱させてしまってすまない、ともう一度リーチェをぎゅっと抱き締めた。

辛さも悲しさも二人で分け合うようにリーチェもぎゅっと抱き締め返す。

そしてリーチェは、ふとあることを思い出した。

「──お父様、そういえば……ヴィーダとは連絡が取れましたか？」

「ん？　ヴィーダか。いや、まだなんだ。実家に連絡しても返信がなくてな……。だから使用人を向かわせている」

それがどうかしたか、と不思議そうにしているテオルクに、リーチェは疑問をそのまま口にした。

「なぜ、お父様が出征したあとタイミング悪くヴィーダが体調を崩してしまったのだろう、と不思議に思いまして……。お父様がいらっしゃらない分、自分がしっかりしなければ！　とあの頃のヴィーダは口にしておりましたから……」

「……そうだな。伯爵家の仕事に精通していた彼が邸を去ったあと、大変だっただろうに。よく無事に伯爵家を保てたものだな……」

「何、か……変ですよね……変にタイミングがよすぎる、というか……」

リーチェの言葉にテオルクは眉を寄せ、何か考える素振りを見せたあと、一言呟いた。

「ヴィーダを早く見つけよう。もしかしたら何か不測の事態でも起きていたのかもしれない」

テオルクの言葉に、リーチェは深く頷いた。

3章　決別

テオルクと話し合いをしてから数日が経った。

リーチェは普段と変わらない様子に見えるよう、邸内で過ごしていた。

時折テオルクと婚約破棄についての話をしたり、カイゼンと世間話をしたりして時間を過ごしていたある日。

国王陛下から今回の出征で勝利を収めた記念に開く、祝勝会の開催日時が知らされた。

その日時は半月後。

戦で勝利を収めたテオルクの家門である、ハンドレ伯爵家の者全員と、援軍として勝利に貢献したカイゼンを筆頭に、軍の将校達も特別招待された。

近いうちに開かれるとは聞いていたが、祝勝会の開催日まであまり日にちがない。

祝勝会には、王都にいる貴族達も多く参加する。

多くの貴族達の前に出るため、祝勝会で着るドレスを新調しようという話になった。

そして、それに合わせる装飾品を、邸に宝石商を呼び選ぶ予定だったが、リーチェは自らの足で街の店を見て回りたい、と思ったためその旨をテオルクに話した。すると、帰還した時に約束をした街歩きをしつつ、宝石を購入しようということになった。

そしてそのことが決まった、翌日――。

リーチェはフリーシアに呼び出された。


翌日。

リーチェはフリーシアの部屋の前で、緊張した面持ちで立っていた。

少し前に到着したのだが、自分が呼び出された理由に心当たりがなく、先ほどから扉をノックしようと腕を上げては、結局ノックをできずに下げ、と何度も繰り返してしまう。

「――……っ」

いつも、普段から。昔から。

リリアに向けられる柔らかな微笑みも、優しい言葉もリーチェはかけられた記憶がほとんどない。

フリーシアと顔を合わせると「怒られる」という印象が強く、リーチェはなかなか扉をノックできずにいた。

けれど、呼び出されてから時間が経っている。

これ以上待たせてしまっては、フリーシアの苛立ちはますます高ぶってしまうかもしれない。

覚悟を決めたリーチェが、扉をノックしようとしたところで中から扉が開けられた。

「リーチェ⁉　何をやっているの⁉　早く入りなさい……！」

「も、申し訳ございません、お母様……！」

リーチェの訪れが遅いことから、待ちきれず廊下を確認するために扉を開いたのだろう。

フリーシアは扉を開けたすぐ目の前にリーチェが立っていて、驚きにぴくりと体を跳ねさせたが怪訝そうに眉を寄せたあと、リーチェに入るよう促した。

少し高めのよく通る声。

フリーシアの真っ赤な唇から紡がれる言葉に、リーチェは謝罪しつつ慌てて部屋に入室した。


ソファに座るよう言われ、腰を下ろしたリーチェは自分の目の前に座るフリーシアが落ち着きなく、そわそわした態度に、フリーシアもこんな表情をするのか、と、どこか他人事のように思ってしまう自分に苦笑した。

リリアがいない状態で部屋の中で二人。顔を突き合わせているこの状況が酷く非日常のように感じてしまう。

（こうして、二人きりで対面するのはいつぶりかしら……）

――思い出そうとしなければ、思い出せない。

——自分の母親なのに、おかしいわよね。

リーチェがそう考えてしまうほど、フリーシアと共に過ごした記憶はあまりない。

フリーシアと話すきっかけはいつもリリアで。そして、最後までフリーシアが話す内容もリリアだ。

いつもその場には必ずと言っていいほど、リリアの姿があった。

(お母様なのに……二人きりで顔を合わせることに緊張してしまうなんて……変よね……)

それほどまでにリーチェは母、フリーシアとの思い出がほとんどないのだ。

だが、その代わり父親のテオルクは、いつもリーチェを気にかけてくれた。リーチェが寂しい思いをしないよう、幼い頃から沢山構ってくれていた。

(子供の頃とは違って……あの人と婚約してからは寂しいとか、お母様と話す機会がないとか、気にならなくなっていたのね)

ハーキンが浮気をして、この婚約は駄目になってしまったけれど、もともと悪い人間ではないのだ。

今はもうハーキンへの気持ちも、すっかり凪いで素直にリリアと幸せになって欲しいとすら思える。

リーチェがとりとめのないことを考え、ぽやっとしていると目の前にいたフリーシアがぽつり、と何かを呟いた。

「――……得、して」

「……えっ？」

リーチェは、ハッとしてフリーシアに顔を向けた。

先ほどまでフリーシアはリーチェから顔を逸らしていたというのに、リーチェを正面から見据えていた。

見る、と言うには些か視線が鋭く、半ばリーチェを睨むような格好になっているが、話を聞いていなかった様子のリーチェにフリーシアは苛立ちを募らせた。

「……っ！　ぼうっとして……っ、本当にこの子は……っ！　だから！　説得して、と言ったのよ、あの人を！」

ばん！　と目の前のテーブルを強く叩き、フリーシアが声を荒らげる。

あの人、というのは自分の夫であるテオルクのことだろう。

そして、テオルクを説得、とは。

まさか離婚を考え直すよう、説得しろとでも言うのか。と、リーチェは驚きに声を失ってしまう。

「こそこそあの人と貴女が話しているのは知っているのよ！　あの人は、もう私の話なんて聞いてくれない！　貴女からあの人を説得して、考え直してと言って！」

「え……な……っ、それは無理です、お母様！」

「なぜ無理なのよ……！　このままだと、このままだと……っ、離婚したらリリアもこの家を追い出されてしまう！　貴女はリリアの姉なのよ、体の弱いリリアが可哀想とは思わないの⁉」

「けれど……っ、それはお母様がしてはいけないことを！　お父様がいながら、お母様がっ」

「うるさい！　貴女は口答えしないで私の言う通り、あの人を説得すればいいのよ！」

声を荒らげ、苛立ち混じりに自分の髪の毛を掻き毟るフリーシアに、リーチェは咄嗟にソファから立ち上がった。

こんなに興奮していては、落ち着いて会話などできやしない。

そしてフリーシアの様子から身の危険すら感じる。

話が通じないであろう今の状態の母親と同じ部屋にいるのは危険だ、と判断したリーチェは部屋から逃げ出そうと考える。

だが、ソファから立ち上がったリーチェに気付いたフリーシアが、自分の髪の毛から腕を下ろし、睨め付けるようにしてリーチェを見る。

「――っ！」

睨み付けるフリーシアは恐ろしい憤怒の形相を浮かべている。

「待ちなさい、リーチェ！」

フリーシアの表情に恐れを抱き、衝動的にリーチェは駆け出した。

部屋を出てしまえば、廊下には使用人の誰かがいるはずだ。

それに、先ほどからフリーシアの叫び声——金切り声が廊下にも響いているだろう。

異変を感じた使用人がテオルクを呼んでくれているかもしれない。

急いでドアノブを掴み、扉を開けたリーチェが勢いよく廊下に飛び出した瞬間、どんっと硬い何かに顔を思い切りぶつけてしまった。

「——むぐっ！」

「すっ、すまないリーチェ嬢！　大丈夫か!?」

何かにぶつかった、と思っていたのはどうやら人の体だったようで。

リーチェの耳に届いたのは、ここ最近聞き慣れた、低く優しいカイゼンの声。

リーチェはぶつかったのがカイゼンの胸元だったということに気付き、慌てて顔を上げた。

「も、申し訳ございません、ヴィハーラ卿」

「いや、私の方こそすまない。顔をぶつけてしまっただろう？　大丈夫か？」

申し訳なさそうに、おろおろとしたカイゼンの赤銅色の瞳が心配そうな色を乗せているのが見えて、リーチェは「大丈夫です」と言わんばかりに微笑んだ。

そして、なぜここにカイゼンがいるのだろうと考えて、納得した。

きっとフリーシアの声が廊下にまで響き渡っていたのだろう。それがカイゼンに聞こえたのか、それとも使用人が近くにいたカイゼンを呼んだのか。

どちらかは分からないが、優しいカイゼンのことだ。心配して様子を見に来てくれたのかもしれない。

「騒がしくしてしまって、申し訳ございません」

「いや、私は大丈夫だが……。リーチェ嬢こそ、その……色々大丈夫か？」

ちらり、と気まずそうにフリーシアに視線を向けるカイゼンを見て、リーチェは苦笑する。

先ほどまで怒りを顕にしていたフリーシアも、カイゼンが姿を現したことで流石に口を噤み、気まずそうにしているのが分かる。

「私は大丈夫です。その……、戻りましょうか……？」

「——っ、あ、ああ。送ろう」

勝手に触れるのも、と思ったリーチェはつん、とカイゼンの服の裾を軽く引っ張り、部屋から離れようと促す。無意識なのだろう。そんなリーチェの可愛らしい行動にカイゼンは言葉に詰まりながらガクガクと頷いた。

だが、その場を離れようとするリーチェに、室内にいたフリーシアは焦って声を上げた。

「――リーチェ……！　リーチェ、待ちなさい……っ、まだ話は終わって――」

「ならば、その続きは私としようか」

フリーシアの言葉を遮るようにして、テオルクが言葉を被せた。

まさかテオルクが近くにいるとは思わなかったのだろう。フリーシアはテオルクの声にビクッと震え、声が聞こえてきた方向に顔を向けた。

使用人が呼んでくれたのだろう。

いつの間にか少し離れた場所に立っていたテオルクのよく通る低く、重い声が響き、リーチェを呼び止めようとしていたフリーシアが、ぐっと言葉を飲み込んだのがリーチェの視界に映る。

テオルクはリーチェを安心させるように微笑んでから、肩を優しく叩く。その後フリーシアの部屋に入り扉を閉めた。

ぱたん、と静かに閉められた扉の向こうでテオルクの落ち着いた話し声が薄らと聞こえてくる。フリーシアは声を荒らげているようだが、それも扉に阻まれ両親がどんな会話をしているか、リーチェにはもう分からない。

「リーチェ嬢。庭園を案内してもらってもいいか？　どうにも……体を動かさないと鈍りそうでな……」

カイゼンの明るい声音に、リーチェは彼が自分を気遣い敢えてそんな提案をしてくれているということに気付く。

先ほどまで恐ろしく、恐怖を感じていたリーチェはカイゼンの優しい気遣いにじんわりと胸が温かくなった。カイゼンに向かってふわりと笑みを浮かべ、その提案を快諾した。

騒ぎが起きた日から、２日が経った。

今日はテオルクと約束していた街への買い物の日である。

落ち着いた色合いのデイドレスに、歩きやすいようヒールの高くないブーツを合わせたリーチェが階段を降りると、そこには父親であるテオルクとカイゼンの姿があった。

リーチェがカイゼンの姿にびっくりしていると、玄関ホールにいたテオルクがリーチェに気付いて笑った。

「言っただろう？　カイゼン卿は街に詳しいから案内を頼んだんだ。快く引き受けてくれたぞ」

「で、ですが……お客様ですのに……」

リーチェが申し訳なさそうな表情を浮かべていると、カイゼンが階段下までやって来て、リーチェに向かって手のひらを差し出した。

「以前にも言っただろう？　体を動かさないと鈍ってしまうからって」

「――まあ……。本当にいいのですか？」

「ああ。気分転換にもなるだろう？　行こう、リーチェ嬢」

「……っ、はい！」

カイゼンから差し出された手のひらに、リーチェは笑顔で自分の手のひらを重ねる。

するとわずかに力を込めたカイゼンが握り返してくれて、手を引かれるがままリーチェは邸をあとにした。

そして、その姿を大階段の一番上から羨ましそうに見ていたリリアは、むう、と頬を膨らませて呟いた。

「――お姉様ばかり、外に出てずるいわ……っ」

――楽しいお買い物なんて、そんなこと絶対にさせないんだから！

リリアの声は誰にも聞かれることなく、玄関ホールに虚しく響き、そして消えた。

王都の中心街。

少し広めの通りにある馬車停めに馬車を待たせ、リーチェ達は街を散策しながら店を回ることにした。

「リーチェ。疲れたり、足が痛くなったらすぐに言うんだぞ？　まだ病み上がりで体調も万全ではないのだから……」

やっぱり日にちをずらした方がよかったか、と心配そうにしているテオルクがリーチェに声をかける。テオルクが心配してくれている嬉しさや、少しだけ擽(くすぐ)ったい気持ちを抱きつつ、リーチェは笑顔で答えた。

「大丈夫です、お父様。あれからしっかり休みましたし、それにもともと私は体を動かすことが好きです。邸に宝石商や仕立屋を呼んでゆっくり選ぶのもいいですが、やっぱり足を運んで自分の目で品物を見て、選びたいですから」

祝勝会のためのドレスですから、しっかり選ばねば！　とキラキラした笑顔で話すリーチェに、テオルクもついつい目尻が柔らかく下がる。

リーチェとテオルク。仲睦まじい親子二人の会話を少しだけ後ろから見ていたカイゼンはリーチェを見つめ、ゆったりと口元を笑みの形に変えた。

（ここ数日、思い詰めたような顔ばかりだったが……。リーチェ嬢にはやはり笑顔がよく似合う……）

カイゼンが3年前のことに思いを馳せていると、振り返ったリーチェに呼ばれ、カイゼンは慌てて二人に駆け寄った。

宝飾店の店内で、テオルクは自分の顎に手を当てこくりと頷く。

「――うん、いいんじゃないかリーチェ。カイゼン卿もそう思わないか？」

店内で祝勝会のドレスに合わせる装飾品を見ていた三人は、リーチェが手に取ったネックレスと揃（そろ）いのピアスを見て、嬉しそうにテオルクが告げる。

リーチェが手に取ったのは自分の瞳と同じような、海のように蒼く美しいブルーサファイアを基調とした品よく、けれどリーチェの華やかな顔立ちによく似合った装飾品で。

リーチェも気に入っているのがよく分かったのだが、声をかけられたカイゼンは困ったような笑みを浮かべつつ、「私は」と言葉を発した。

「リーチェ嬢にとても似合っていると思うが……。私はこちらの方がリーチェ嬢にもっと似合うと、思う……」

「――え、こちら、ですか……？」

リーチェは、カイゼンが手にしたものを見て戸惑い、瞳を見開いてしまった。

カイゼンが手にしていたのは百合（ゆり）をモチーフにした装飾品。スカイブルーの色味がとても美しく、淡い色合いながら不思議とリーチェの瞳に合わせると、とても似合う。

だが、百合がモチーフというところに、リーチェは気まずさを感じているようで、困ったように眉を下げている。

百合をモチーフにしたものが似合うのはリリアのような女性で、そんなリリアと正反対な容姿をしているリーチェは、このような純粋だとか、無垢、だとかの花言葉の意味を持つ可憐で華奢な装飾品は似合わないと避けていた。

だが、カイゼンの選んだ装飾品を見てテオルクも「似合いそうだな」と弾んだ声を上げる。

「どうだ？」というように視線を向けられて。

清楚なイメージを持つ花をモチーフにした装飾品が似合うだろうか、とリーチェがまごついている間にカイゼンが腕を伸ばし、リーチェの首元にそれを合わせた。

「ああ……やっぱり。リーチェ嬢によく似合っている。ネックレスも、イヤリングも宝石が主張しすぎず、繊細な装飾を施されているから華やかだけど、リーチェ嬢の美しさを邪魔していない。とても似合っていると思う」

「――っ、ほ、本当ですか？」

まさかカイゼンに「美しい」と言われるなんて、とリーチェはどきまぎとしてしまう。

カイゼンの言葉にうんうん頷くテオルクを見て、リーチェは熱を持つ頬を隠すように、店の人間が掲げた鏡に自分の姿を映した。

そうしたら。

絶対に似合わないと思っていた装飾品は、まるでリーチェのために誂えたかのようにしっくりと似合っていて。

胸元で輝くスカイブルーの宝石が店の照明に反射して控えめに輝き、質素に見えてしまうかと思っていたけれど洗練されたデザイン性が気品高く、リーチェを大人の女性らしく彩ってくれる。

「――わっ」

リーチェの嬉しそうな声を聞き、テオルクは「決まりだな」と、どこか揶揄うような響きを乗せてカイゼンに笑いかけた。


「ありがとうございます、ヴィハーラ卿。自分ではこんな素敵な装飾品、選べませんでした」

「いや、本当に……似合うと思ったから……」

嬉しそうに満面の笑みでリーチェはカイゼンにお礼を告げつつ、店を出る。

さあ、次はドレスだ。と店を出た三人が足を踏み出したところで――。

「リーチェ……っ」

こんな所で聞こえるはずのない男の声が聞こえてきて、三人はぴたりと足を止めた。

「――嘘でしょ、何でアシェット卿がここにいるの……」

リーチェの呟きの通り、店を出た広い通りにぜいぜいと肩で息をした、元婚約者ハーキン・アシェットがそこにいた。

肩で息をするところを見るに、相当焦ってここにやって来たというのがよく分かる。

だが、なぜ街に――。と、リーチェが考えていると、テオルクがハーキンから遮るようにすっ、とリーチェの目の前に立った。

「ハーキン殿。何の用だろうか？　君とリーチェの婚約関係は白紙に戻っただろう？　先日、アシェット侯爵家当主からそのように伝えられていると思うが……」

「ハ、ハンドレ伯爵。ぼ、僕――いえ、私はリーチェとの婚約破棄を承諾していませんっ！　勝手にリーチェとの関係をなかったことにしないでいただきたい……！」

「君の承諾なんてものはいらないだろう？　君有責の婚約破棄なのだから」

「ちがっ、リーチェ……！　リーチェ聞いてくれ……！」

懇願するように大きな声で名前を紡ぐハーキンに、周囲からの視線が集まる。

この街には貴族も多く買い物にやって来る。

こんな道の真ん中で騒ぎを起こしてしまえば必然と、人々の視線を集めてしまう。

リーチェは迷惑そうに顔を歪め、目の前のテオルクに向かって「どこかのお店に入りましょう」と伝えた。

「いいのか？　リーチェ」

「だって……このままここで騒いでいても、人々の注目を集めるだけです。祝勝会で変な噂が立つのも……。もう遅いかもしれませんが……」

「リーチェがいいのであれば、私達は構わんが……」

「ありがとうございます、お父様。ヴィハーラ卿も、申し訳ございません。我が家の事情にお付き合いいただくのは申し訳ないので、もしよろしければお先に邸に――」

邸に戻ってもらっても構わない、とリーチェが口にしようとしたことを悟ったカイゼンは慌てて口を開いた。

「いや、私も同席しよう。ちょうど昼時だ、彼との話が済んだらそのまま昼食を摂ればいいさ」

リーチェが言い終わる前に、カイゼンは首を横に振って答える。

そしてじろり、とハーキンに視線を向けた。

カイゼンから鋭い視線を向けられたハーキンはびくりと肩を跳ねさせ、さっとカイゼンから視線を逸らしてしまう。

ハーキンの態度にカイゼンは溜息を吐き出したあと、周囲に会話が漏れ聞こえてしまわないような個室で、防音設備が整っている店をいくつか頭の中に思い浮かべ、テオルクとリーチェにその店を提案した。

——チリン、と澄んだベルの音が響き、店内に入る。

貴族御用達のその店は、外観も美しく店で働く店員の所作も洗練されていて美しい。

リーチェ達の入店に気付いた店員がすぐにやって来て、部屋に案内される。

人数が多いため、リーチェ達は広めの個室に通された。

「リーチェ嬢」

「あっ、ありがとうございますヴィハーラ卿」

椅子を引き、そつなくスマートにエスコートするカイゼンと、カイゼンにお礼を告げるリーチェをハーキンはどこか恨みの籠(こも)った視線でじっとりと見つめる。

そんな態度のハーキンにテオルクは呆れたように溜息を吐いてから、話し出した。

「——さて。ハーキン殿。そもそも君がどうしてここに？　まるで私達を探していたような様子だったが……」

椅子に座ったテオルクが開口一番、ハーキンに向かって問い質す。

口調は穏やかで柔らかいが、テオルクの瞳は鋭く細められていて、声は凍(こご)えるほど冷たい。

ハーキンはごくりと喉を鳴らした。

「……っ、その……リリア、嬢からリーチェ達が街に行くという知らせが入って……。その知らせを受け取って、すぐにリーチェを探しに来ました……。何度面会を申し出ても断られてしまったので……」

ハーキンから面会の申し出があったなんて、とリーチェはわずかに目を見開き、テオルクに視線を向ける。

するとテオルクはリーチェに視線を向けたあと、ひょいと肩を竦めた。

(なるほど……お父様が全部処理してくださっていたのね……)

それにしても、とリーチェはハーキンを盗み見る。

婚約者がいながら、その婚約者の妹と浮気をしておいて、諦め悪くいまだに復縁を迫ってくるとは、と呆れてしまう。

(ああ、そうだったわ……。この人は私に気持ちがあるのではなくて、伯爵家の当主になりたいのと、当主になればリリアとずっと暮らせると思っていたのよね、きっと。だから婚約破棄しないとずっと拒んでいた……)

本当に愛してくれていれば。愛してくれているとハーキンの態度から少しでもその気持ちが感じられれば、まだ婚約破棄ではなく穏便に婚約解消を選んでいたかもしれない。

けれど、自分の欲を優先しているというのが分かってしまうのだ。

それくらい、ハーキンを見ていれば簡単に分かる。

「リーチェ……。本当に、僕は君を愛しているんだ……。だからもう一度考え直して欲しくて……」

「――リリアを愛している、と確かにハッキリそう仰っていたじゃないですか。あの言葉は嘘だったと仰るの？」

「いや、その、リリアも愛しているけど、リリアよりリーチェを深く愛している！　だから、だからもう一度考え直して欲しくて……」

もごもごと言葉を口にするハーキンに、リーチェはますます呆れてしまう。

リリアも愛しているけど、リーチェの方を深く愛している？　馬鹿にするのもいい加減にして欲しい。

それに、そのようなふざけたことをこの場で口にするなんて、とリーチェはハーキンの図々しさに二の句が継げない。

リーチェとリリア、二人の父親であるテオルクの目の前で、そんなことがよく言えたと感心してしまうほどだ。

「――君は、凄いな……」

リーチェが言葉を失っていると、カイゼンがぽつりと呟いた。

「え？」と思い、カイゼンの方に視線を向けて、リーチェはぎょっと目を見開く。

カイゼンの瞳には、ハーキンに対して隠し切れないほどの怒りや憎悪が滲んでいて。

「君は、複数の女性を愛することができると言うのか。私にはまったく理解できないし、理解したくないな。私には愛する人はたった一人しかいないし、私の目にはその女性しか映らない。人生をかけて愛するのはその女性だけだ。けれど、君はそのような女性を何人も作れる、ということか……？　大したものだ」

「──……っ、」

言葉が進むにつれ、最後の方はもはや殺気すら籠もっているようなカイゼンの言葉に、ハーキンは恐怖で顔を真っ青にしてぶるぶると震え、言葉を返すことなどできない。

リーチェは震えるハーキンに向かって口を開いた。

「ハーキン・アシェット卿。何度会いに来られても私の答えは変わりません。私はたった一人、たった一人でいいのです。その方と愛し、愛され幸せな家庭を築きたかっただけ。……そして、その未来を壊したのは貴方です。貴方が、浮気をしたから。私は浮気をするような方と共に未来など歩めません」

リーチェはズキズキと胸の痛みを感じたが、その胸の痛みから目を逸らし、ハーキンに向かってはっきりと拒絶の言葉を紡いだ。

テオルクも、カイゼンもきっと優しい表情で自分を見つめてくれているだろうというのが分かる。

けれど、リーチェはカイゼンの顔を見ることが、なぜかできなかった。

カイゼンの言葉を聞いてから胸が痛みだしたことには気付かない振りをして、リーチェはハーキンからふいっと顔を逸らしたのだった。

ぼすん、とベッドに倒れ込んだリーチェは疲れたように長い溜息を吐き出す。

ハーキンが街にやって来て、長いとも短いとも言えない話し合いが終わり、リーチェ達は残りの買い物を早急に済ませて邸に戻って来た。

心配するテオルクに大丈夫だと言って、リーチェは自室に戻って来てしまった。

そして、自室に戻るなり力なくベッドに倒れ込んで瞼(まぶた)を伏せた。

ハーキンとのやり取りに疲れたこともあるが、リーチェはこれほど自分の胸の中がもやもや、ズキズキと痛むことに戸惑いを覚えていた。

胸が痛むようになったのは、カイゼンの言葉を聞いてからだ。

ハーキンを責めるカイゼンの言葉を聞いていたら、なぜかとても胸が痛み、苦しくなった。

最後まで心配してくれるカイゼンに碌にお礼も言えずに、逃げるように部屋に戻って来てしまった。

「お客様、なのに……。お父様を助けてくださった方なのに、私は最低だわ……。街歩きに付き合わせてしまったのにこんな態度で……」

リーチェはうつ伏せの状態のまま、クッションをぎゅうと握り締める。

自覚してはいけない。

カイゼンはとても親切な人なのだ。

だから、気付いてはいけない――。

「……祝勝会、祝勝会のことを考えなくちゃ！」

リーチェは頭の中を切り替える。

ハーキンと街で会ってしまったのは驚いたが、リーチェ達が街にいる、と教えたのはリリアだと言っていた。

「あの子は一体何がしたいのよ……」

自分と復縁したい、と願うハーキンにリーチェの居場所を教えてどうするつもりなのだろうか。

自分達は愛し合っている、と言いながらハーキンをけしかけるような真似に、リーチェは首を捻る。

困らせたかったのだろうか。

それとも、この買い物に着いていきたいと言っていたのに置いていかれてしまったから、ちょっとした嫌がらせのつもりだったのか。

だが、体が丈夫になった訳ではない今のリリアを連れ回してしまって、体調を崩してしまったら大変だ。

だからテオルクも強く反対したし、リーチェも反対した。

リリアはまた自分だけ外に出してもらえない、と怒り、その怒りをぶつけてきたのだろうか。

「けれど……それはただの八つ当たりだわ……」

ベッドの上でリーチェははあ、と溜息を吐く。そして仰向けに体勢を変えて目を閉じた。

祝勝会を目前に控えたある日。
それは起きた。
リリアの部屋から硝子（がらす）が割れる音と、叫び声が聞こえてきて、大きな音は廊下を歩いていたリーチェの耳にまで届いた。

「――な、何事……っ⁉」

びっくりしたリーチェが声を上げるが、廊下にいた使用人達も何が何だかよく分かっていないらしく、戸惑っている。

だがその中の一人、侍女長がリーチェに近付いて来て、そっと教えてくれた。

「旦那様が、先ほどリリアお嬢様のお部屋に……。奥様もご一緒です」

「――！　……そう」

伯爵家当主夫妻の離婚について、まだ使用人達には知らせていない。

知っているのは侍女長や、侍従長、料理長などの限られた人数のみだ。

侍女長からの言葉で、リーチェは父テオルクがリリアに離婚の件を話したのだろう、と察した。

そして離婚に至った理由や、母親フリーシアの不貞を説明されたのだろう。

その部分をぼかして伝えても、リリアはきっと納得しない。

厳しいだろうが、テオルクも真実を話したのだろう。

リーチェも、リリアも、もう幼い子供ではない。

物事の善悪の分別がつく大人だ。

リリアも納得するしかないのだ。

祝勝会まであと数日と迫っている今、このタイミングでリリアに話しておかねば別れはあっという間にやって来てしまう。

リーチェが何とも言えない感情を持て余して俯いた瞬間、リリアの部屋の扉が乱暴に開き、そこからリリアが飛び出して来た。

「——リリア！　走っては駄目！」

開いた扉の奥からフリーシアの悲鳴が聞こえる。

リーチェがその声に反応し、ぱっと顔を上げると、部屋から出てきたリリアと目が合った。

「——っ」

「——リリア」

リーチェを恨みがましい目で睨んだリリアは、リーチェの呼び掛けに反応することなく、そのままリーチェに向かって駆け出した。

リーチェとリリアがすれ違う寸前。

リリアが恨みの籠った低い声で言葉を発した。

「全部、全部全部全部お姉様が悪いのよ……！　お姉様は私から全部奪っていく！　お父様を、家族を……っ」

「——リリっ」

リーチェが言葉を発そうとしたが、リリアは思い切りリーチェにぶつかり、そのまま走り去ってしまう。

リリアにぶつかられてしまったことでバランスを崩したリーチェは、よろけてしまう。だが、背後から慌てて肩を支えてくれる人に助けられ、リーチェは転倒したり、怪我をすることがなく、ほっとしてお礼を言うために振り向いた。

「ありがと――っ！」

廊下にいた邸の使用人が支えてくれたと思ったのだ。

だからリーチェは支えてくれた人物にお礼を告げようと振り向いたのだが。

「リーチェ嬢、大丈夫だったか？　……それにしても、リーチェ嬢の妹君は酷いな……わざとぶつかっていっただろう？」

怪我はないか？　と心配してくれるカイゼンに、リーチェは慌ててこくこくと頷いた。

使用人だと思っていたのだが、リーチェを助けてくれたのはカイゼンで。先日の街歩きの際に一方的に気まずくなってしまっていたリーチェだったが、カイゼンは今までと変わらず接してくれる。

「それに……聞くつもりはなかったのだが、廊下にいたために聞こえてしまった……。妹君はなぜ、リーチェ嬢に責任転嫁をするのか……。今回の件はリーチェ嬢に何の罪もないというのに……」

ハーキンの件で、嫌な思いをしただろうに、その後も変わらず接してくれるカイゼンにリーチェは胸が温かくなる。それどころか、今だってリーチェの代わりに静かに怒りを顕にしているカイゼンに、本当に優しい人だ、とリーチェは眉を下げ微笑んだ。

「――ありがとうございます。我が家のことなのに、ヴィハーラ卿がまるで自分のことのように怒ってくださって……。このような場面ばかりをお見せしてしまって申し訳ない限りです」

「だって、それは……。リーチェ嬢は何一つ悪いことなどしていないじゃないか。それなのに、気付けば妹君はいつもリーチェ嬢のせいにしていて……見ていられない」

「ふふ、本当にありがとうございます。こうして心配して、声をかけてくださるだけで嬉しいです」

リーチェの言葉に、カイゼンは何かを口にしようとして、そしてその言葉を飲み込んだ。迷うように視線を彷徨わせて、無難な言葉を紡ぐ。

「……心配、だからな」

「ありがとうございます、ヴィハーラ卿の優しさに救われます」

瞼を伏せ、喜びを隠すようにはにかむリーチェに、カイゼンは考えるよりも先に言葉が口を付いて出てしまう。

「――誰にでも、優しい訳じゃない……」

「えっ、それは……どういう……」

カイゼンの言葉に、リーチェは反射的に伏せていた瞼をぱっと上げ、カイゼンに顔を向ける。

だが、リーチェから視線を逸らし、若干恥ずかしそうに頬を染めるカイゼンに、リーチェは目を見開いた。

聞き間違いだろうか。いや、聞き間違いなどではない。

誰にでも優しい訳じゃない、とカイゼンは口にしたのだ。

その言葉に、どこか気恥ずかしそうに視線を逸らすカイゼンに釣られてリーチェも頬に熱が集まり始める。

気恥しい、どこか歯痒(はがゆ)い空気が二人の間に漂った時。

「リーチェ、すまなかった。大丈夫だったか？」

テオルクが扉から顔を出してリーチェのもとにやって来た。

テオルクの登場に、リーチェとカイゼンはぱっと距離を取る。どくどく、と脈打つ心臓の音がいつまでもリーチェの耳に残った。

テオルクがリリアの部屋の扉を閉める寸前、フリーシアの啜(すす)り泣く声が聞こえたような気がした──。

4章　祝勝会

祝勝会、当日。

この日までリリアは自分の部屋に引き籠り、リーチェはもちろん父親のテオルクとも、フリーシアとも会おうとはせず、祝勝会当日を迎えてしまった。

体調が悪いという形でリリアの参加を見送ろうとしたテオルクだったが、前日にリリアから祝勝会には参加すると使用人を通じて知らされ、本人が参加すると言うのを強く止めることはできなかった。

テオルクとカイゼンが敵国との戦に勝利したことを称える祝勝会である。

国王陛下からの正式な招待のため、本人に出るという強い意志があるのであれば止めたところであとからリリアが「当主に参加を阻止された」と言い出してしまえば国王陛下から不信感を抱かれる恐れもある。

それに、家族として参加する最後の催し物になる。

この祝勝会が終われば、正式に離婚の手続きが始まるのだ。

リーチェとリリアの母親、フリーシアはいまだにテオルクとの離婚に応じていないため、すんなり離婚が成立するのは難しいだろう、とリーチェは考えている。

（お父様は、大丈夫だから安心しなさい、と言っていたけど……。何か進展があったのかしら……）

リーチェは祝勝会のために新調したドレスを身に纏い、階段を降りていく。

首元と耳を飾るのは以前カイゼンが選んでくれた百合をモチーフにしたスカイブルーの宝石があしらわれた装飾品だ。

照明の光を受け、リーチェの首元と耳でキラキラと揺れている。

そしてリーチェが身に纏っているのもスカイブルーのドレスで、胸元辺りから裾に向かうにつれて濃い青色のグラデーションが美しい。

金糸の刺繍（ししゅう）が施され、その刺繍は主張しすぎず美しいバランスで配置されており、リーチェを美しく際立たせている。

リーチェが歩く度、ドレスの裾がふわりと舞う。

階段を降り切ったところで、テオルクが待っていてくれるのが見えて、リーチェは微笑んだ。

夜会とは違い、パートナーが不要な祝勝会である。

フリーシアとリリアの姿はまだない。

「リーチェ、よく似合っているじゃないか。きっと今回の祝勝会はリーチェの美しさに貴族男性達が目を奪われるな」

「ふふ、ありがとうございます、お父様。お父様も素敵です」

「だろう？　ちょっと奮発したからな。だが、カッチリした衣装は昔から苦手だ……。軍服の方がどれだけ楽か……」

「今日は我慢してくださいね」

二人で談笑していると、フリーシアとリリアがやって来るのが見えて、リーチェとテオルクは自然と口を噤んだ。

フリーシアも、リリアも暗い表情ではあるがリリアは何を考えているのか感情が一切読めない。

家族で入場することになるのだが、リーチェは一抹の不安を感じながら四人揃って邸を出た。

これから、家族として最後の長い夜が始まる。


祝勝会、会場である宮殿。

リーチェ達が到着した時には、既にこの国のほとんどの貴族は会場に入場済みだ。

残すところは祝勝会の主役であるハンドレ伯爵家と、カイゼンと、師団の幹部数名のみ。

王族は最後に入場し、祝勝会の開始を告げる。

今回の戦の功労者であるテオルクとカイゼン両名はとても注目されるだろう。

そして、テオルクが注目されるということはテオルクの家族である自分達にも視線は集まる。

（――落ち着いて、大丈夫……、大丈夫よ。注目されるのはお父様とヴィハーラ卿を始めとする騎士の方達なのだから……。変に目立たないようにしていればいいだけ……）

ドキドキと緊張に早まる鼓動を、必死に落ち着かせようと深呼吸をしているリーチェの背後から、ここ最近聞き慣れた柔らかく、低く優しい声がリーチェの名前を呼んだ。

「――リーチェ嬢」

「……！　ヴィハーラ卿。こんばんは……」

カイゼンの声に、ぱっと振り返ったリーチェは言葉を詰まらせてしまう。

祝勝会のために拵えたのだろう。普段の装いより煌びやかながらも、ダークトーンの色味で品よく纏め、ところどころ金糸の刺繍が施されていてアクセントになっていて、落ち着いた色合いながらも華やかさを感じる。

カフスボタンとクラヴァットを留める宝石はカイゼンの濃紺の髪色と同じダークネイビーで揃えられている。

上背もあるカイゼンのすらりとした体躯と、少し裾が長いフロックコートがとても似合っており、カイゼンが歩く度に裾が風に靡く姿が優雅さを醸し出していた。

まるで絵画のようにそこに存在するカイゼンに、リーチェが言葉を失っているとリーチェのもとにやって来たカイゼンが眩しそうに目を細めた。

「こんばんは、リーチェ嬢。ドレス、とても似合っている。君が美しいから宝石が負けてしまっているな……。失態だ、すまない……」

しゅん、と肩を落としつつ、カイゼンはさらりと褒め言葉をかける。カイゼンからの思わぬ賛辞にリーチェは頬を染めつつとんでもない、と首を横に振った。

「そ、そんなことございません……！　ヴィハーラ卿が選んでくださった装飾品、とっても素敵で……。宝石の美しさに負けないように、とメイドが頑張ってくれたお陰です。ありがとうございます」

「はは、リーチェ嬢はもともと美しいからメイドも支度が楽だっただろう」

「そんな……ありがとうございます、ヴィハーラ卿。その、ヴィハーラ卿もとても素敵です……」

頬を染め、恥ずかしそうにお礼を言うリーチェににこにこしていたカイゼンは、リーチェから「素敵だ」と言われ顔を真っ赤に染めた。

「えっ！　あ、ありがとう、リーチェ嬢……っ」

まさかリーチェに「素敵」だなんて言葉をかけられるとは思っていなかったカイゼンは、ま

ごつきながらお礼を告げる。

二人の間に気恥ずかしい空気が流れたところで、入場の時間がやって来た。

宮殿の扉前にいる人の行動を見たカイゼンが慌てて口を開く。

「――そ、そろそろ入場する頃合いじゃないか？　またあとで話そう、リーチェ嬢」

「え、ええ。また後ほど、ヴィハーラ卿」

会話を終えたあと、リーチェはテオルク達のもとへ。カイゼンは部下達のもとに戻った。


リーチェ達ハンドレ伯爵家が先に入場し、その次にカイゼンを含む師団の幹部達が入場する。

その後、しばし歓談の時間が設けられ、最後に王族が入場する。

驚くほど静かなリリアとフリーシアが気になるが、リーチェが話しかけても大した返答は返ってこないため、リーチェは早々に二人と会話をすることを諦めている。

父テオルクの後ろに立ち、そして宮殿の扉が開けられた。

ハンドレ伯爵家の名前が紡がれ、宮殿の中に一歩踏み出したリーチェは、眩い光を放つ会場の雰囲気に飲み込まれないようお腹にぐっ、と力を入れた。

多くの視線を感じながら、リーチェは真っすぐ背筋を伸ばし、微笑みを浮かべながら歩く。

大半の視線はテオルクに向かってはいるが、テオルクの後ろから続くリーチェとリリア、二人の姉妹にも多くの視線が集まる。

リリアは体の弱さにより、こうした夜会や舞踏会に滅多に姿を現さない。

そのために、リリアにまつわる噂はさまざまな人の間で広まっていて、噂通りの儚い見た目、可憐な容姿に若い男性貴族達が色めき立っているのがリーチェにも分かる。

それに比べ、リーチェに集まる視線はどこか非難じみたちくちくと刺さるものが多い。

病弱で、儚く可憐な妹リリアと、キツい印象を与え、健康そうな姉リーチェ。昔から比較されることは多かったし、人というのは自然とか弱い人間を庇う傾向がある。

そのため、リリアと比べるとどうしてもリーチェに集まる視線は厳しいものになることは常で。それは幼い頃から変わらない光景なのでリーチェも慣れたものだ。久しぶりに味わうその視線や向けられる感情に「またか」と、懐かしさとわずかばかりの悲しさを感じていたが、隣を歩くリリアから「くすり」と鼻で笑うような吐息が聞こえてきて、リーチェは「え？」と疑問に思い隣のリリアを盗み見た。

すると、リリアはまるでリーチェを見下すような歪んだ笑みを浮かべていて、リーチェが目を見開いた瞬間。

背後からカイゼンと、師団員の入場の案内が告げられ、人々の注目は途端にカイゼン達に移った。

「お姉様が私から奪っておったもの、全部全部返してもらって……お姉様には沢山辛い思いをしてもらいます」

——わっ！　と、会場内が大きな歓声に包まれる。

そのため、リリアの呟きはリーチェの耳に届くことなく、リーチェは微かに動いていたリリアの唇に眉を顰めた。


ざわざわ、と色めき立つ人々に囲まれたリーチェやリリア、フリーシアは完璧な淑女の微笑みを浮かべつつ対応する。

予想していた通り、テオルクはあっという間に沢山の人々に囲まれてしまい、その輪の中に入り損なってしまった人達がフリーシアやリーチェ、リリアの近くに来て話しかけてくる。

あとから入場したカイゼン達も沢山の人の注目を集めていたが、穏やかな雰囲気で優しい微笑みを浮かべているテオルクに比べて、眼光鋭くにこりとも微笑みを浮かべないカイゼンのもとに集まる人は少なく、カイゼンの師団の関係者や昔から親交のある者くらいが彼らに話しかけている。

リーチェ達のもとにやって来るのは、テオルクに話しかけることができなかった人達がほとんどで。

テオルクへの賞賛を伝え、他愛ない世間話を短くやり取りするくらい。

リーチェも何人目かの人と短いやり取りを終え、ふと自分達を囲む人垣の隙間からこちらをじっと見つめるハーキンの姿を見つけてしまい、リーチェは無意識に体に力が入ってしまった。

(まさか……また話しかけてくるつもりかしら……)

周囲にいる貴族達は、リーチェとハーキンが婚約破棄したことをまだ知らない。

伯爵家と、侯爵家で婚約破棄の手続きを終えたのはつい最近だとテオルクから聞いている。

だが、婚約を結んでいるはずのリーチェとハーキンがこの祝勝会で会話をする姿が一切なければ、周囲は自ずと気が付くだろう。

色々と噂されてしまうだろうが、貴族は噂話が大好きだからそれは仕方ない。

時間が経てば、噂話も落ち着くだろう。

(だから……お願いだから、変な行動は起こさないで欲しいわね……)

リーチェがそう考えていても、その気持ちはハーキンには伝わらない。

リーチェに集まっていた人達が少し少なくなり、その時を待っていたのだろうか。

ハーキンがリーチェに近付こうとしたところで、王族の入場を知らせる声が響いた。

王族の入場が終わり、祝勝会が正式に開始された。

国王陛下から今回の戦での褒美を受け取っているテオルクとカイゼンの後ろ姿を見つめながら、リーチェは先ほどから自分の視界にチラチラと入って来るハーキンの姿に溜息を吐き出したくなってしまう。

まだ、何か用があるのだろうか。

あの日、街で会った際に話は済んだのに、とリーチェは嫌な気分になってしまう。

祝勝会という名誉あるこの会に、どうか騒ぎを起こして欲しくない。これ以上、嫌な思い出として記憶に残したくない。

リーチェがさまざまなことを思案しているうちに、国王陛下からのありがたい言葉が終わる。

そして国王はどこか訳知り顔でにっこり笑みを浮かべ、テオルクに向かって口を開いた。

「──して、テオルク・ハンドレ。貴公の働きは我が国、いや、私にとって何物にも代えがたい素晴らしいものだ。褒美を遣わす。何か希望はあるか？」

「はい、陛下。許されるのであれば──……」

すっと上を向いたテオルクは、しっかり国王と目を合わせたまま、よく通る声で言い放った。

「手続きの簡略化を所望します──。……神殿への提出書類に、どうか陛下のお言葉を頂戴したく……！」

「あい分かった。必ず一筆、記そう」

「――ありがとうございます」

その短いやり取りに、周囲は息を飲んだように一瞬静まり返り、そしてざわめく。

「――ぇっ」

リーチェは、今自分の目の前で何が起きたのか理解できなかった。

父、テオルクが褒美として所望したのは神殿への手続きの簡略化。そしてその簡略化に必要な国王陛下の一筆。

それを、国王陛下は心得たとばかりにあっさり承知した。

「――っ!?」

リーチェはフリーシアに勢いよく顔を向ける。

フリーシアも知らなかったのだろう。

テオルクがこのような褒美を所望していた、とは。

顔色悪く、「どうしよう」「どうしたら」とぶつぶつ譫言のように呟いている。

何が起きているのか――。

リーチェが混乱し、狼狽えているその時に隣からドサリ、と誰かが倒れたような音が聞こえた――。

「……えっ⁉」

一体何の音か――。

リーチェが隣を見ると、そこには意識を失い、床に倒れ伏すリリアの姿があった。

驚いたリーチェが声を出すより早く――。

「リっ、リリア……⁉」

ハーキンの悲鳴のような声が聞こえ、リリアに駆け寄って来る。

国王のもとにいたテオルクやカイゼンも「何事か」とリーチェ達の方を振り向いており、必然的に国王もリーチェと、リリア。そして駆け付けて来たハーキンに順々に視線を移している。

国王陛下のお言葉を邪魔してしまったのではないか――。

リーチェは慌てたが、国王がさっと手を上げたあとテオルクに近寄り、耳打ちしているのが見える。

リリアが倒れなければこのあとはカイゼンに褒美の言葉を与え、テオルクの時と同じようにカイゼンの希望を聞く流れになっていただろう。

だが、壇上にいた国王は一旦自分の玉座に下がり、テオルクとカイゼンは国王に一礼した。

限られた時間で周囲を確認したリーチェは、倒れてしまったリリアをひとまずどこかの別室で休ませなければ、と考える。

フリーシアは先ほどテオルクが口にした言葉に呆然としており、倒れたリリアに目もくれない。

そして、動かぬフリーシアの代わりになぜかハーキンがリリアに駆け寄り、介抱しようとしている姿を見て、リーチェは声を潜めてハーキンに下がるよう告げた。

「――大丈夫です、お戻りください」

「だっ、だがリリアが倒れてしまったんだぞ……！　大丈夫な訳がないだろう⁉　すぐに運ばないと……！」

取り乱すハーキンの様子に、周囲が困惑しているのが伝わってくる。

――なぜ、婚約者の妹の名前を親しそうに呼んでいるのか。

――なぜ、婚約者の妹をあれほど心配しているのか。

――なぜ、妹のために血相を変えて駆け寄ったのか。

ひそひそ、とリーチェとリリア、そしてハーキンの噂話を好き放題されている状況に、リーチェはぐっと唇を噛み締める。

婚約破棄をしたのだから、自分とハーキンの件はすぐに知れるだろうとは考えていたが、今はタイミングが悪すぎる。

（お父様の発言で、私達に注目が集まっているのに、ここでアシェット卿が出てきたら更に面倒なことになるのに……！）

「大丈夫です。人の手を借りますので、お戻りください」

「――っ、君はなんて冷たい人なんだ……！　リリアがっ、リリアが倒れてしまったんだぞ!?

心配ではないのか……!?」

「リリアは、我が伯爵家の人間がしっかり介抱いたします……！　貴方はお戻りください」

「リーチェ、君は――」

なんて冷たい女性だ、とハーキンが口にしようとしたところで、気を失っていたはずのリリアがうう、と小さく声を漏らしながら目を覚ます。

「ハーキン、ハーキン駄目よ……。お姉様を責めないで……可哀想だわ……」

「リリア……！　ああよかった、目を覚ましたか。大丈夫かい？」

「ええ、少し気分が悪くなってしまって……。けど、大丈夫よ」

無理をしているのが分かるような顔色でリリアがにこり、と弱々しい笑みを浮かべる。

自分を抱き起こしてくれるハーキンに、リリアは擦り寄りハーキンの胸に凭れかかった。

途端、周囲がざわめく。

リリアは苦しそうに細く息を吐き出し、リーチェに哀れみの視線を向けた。

「ハーキン、駄目よ。お姉様が可哀想だから、離して……。それに、ここには沢山の人がいるわ……これ以上、お姉様に惨めな思いをしてもらいたくないの……」

はらはらと涙を零し、うっと泣き伏せるリリアに同情しているのだろう。周囲の冷たい視線がちくちくとリーチェに刺さる。

リーチェの婚約者であるハーキンが、妹のリリアを心配して駆け寄り抱き起こしている光景。この光景を見た周囲の人々は瞬時にリーチェとリリア、そしてハーキン三人の間で何が起きたのかを察した。

「今日、参加するのは辛かったけれど……ハーキンとお姉様が顔を合わせたら、お姉様が悲しい思いをするでしょう？　だから、お姉様にはハーキンと会わないように助けてあげなくちゃ、って思ったんだけど、ごめんなさいお姉様っ。私のせいで結局こうなってしまって……っ」

「リ、リリア。落ち着くんだ、泣いたら呼吸が……っ、苦しくなってしまうだろう？」

声を上げて泣き喚くリリアと、リリアの言葉を鵜呑みにして心配するハーキンを見て、リーチェは「ああ、またやられてしまった」とどこか他人事のように考える。

周囲の人間は、咽び泣くリリアを哀れみ、同情している者が多い。

そして、少しもリリアを心配しているように見えないリーチェを、冷たく非情な人間だ、と思っているのが周囲の空気からひしひし伝わってくる。

三人を遠巻きに見ていた周囲の貴族は、リリアの見た目と先ほどの言葉から三人の間に痴情の縺(もつ)れがあったのだろう、そしてそれは婚約者の可憐な妹に男の方が惚れてしまった、そして妹の方も姉の婚約者を愛してしまったのだろう、と容易に理解した。

リーチェがどうやって二人をこの場から下がらせようか、と悩んでいると、リーチェのすぐ後ろからカイゼンの声が聞こえた。

「可哀想、可哀想って……。何を自分達の世界に酔い知れているんだ。リーチェ嬢は浮気者の婚約者を自ら切り捨てたのだから、可哀想も何もないだろう？」

そうだろう、リーチェ嬢。とカイゼンに話を振られ、リーチェはこくこく頷いた。

注目を浴び、居心地の悪さを感じていたリーチェだったが、自分のすぐ隣に自分を庇うように立ってくれたカイゼンに、リーチェは嬉しさから胸がじんわりと温かくなる。

ハーキンに冷たい視線を向けるカイゼンに背中を押してもらったような気がして、リーチェはしっかり前を見据え、口を開いた。

「ええ。ヴィハーラ卿の仰る通りです。リリア、私はもう気にしていないから、そんなに心配してくれなくていいのよ？　アシェット卿と過ごすことを誰も反対しないわ。現にお父様も許可をしてくれたでしょう？」

それより早く休みなさい。とリーチェに言われたリリアは、羞恥に顔を赤くさせた。

「――そっ、そんなっ、強がらなくてもいいのです、お姉様っ！　無理に気丈に振舞って……

っ、お姉様に悪いことをしてしまったのは私とハーキンです……！　だからいつものように私を怒ってください！」

——いつものように？

リリアの言葉を聞いた周囲がざわめき、そのざわめきがリーチェに伝わる。

リリアの虚言に、リリアの見た目だけ、上辺だけを見ている貴族達は好き勝手に噂をし始めた。

リリアの言葉を聞いていたカイゼンは、呆れたように吐き捨てた。

「揃いも揃って……自分達の目は節穴か……」

恐ろしいほど低い声で呟いたカイゼンにリーチェがびっくりしていると、いつものように柔らかい笑みを浮かべたカイゼンがリーチェに耳打ちした。

「リーチェ嬢。妹君のことは彼に任せて、この場から退出してもらったほうがいい」

「ええ、そうですね」

リーチェはちらり、と国王がいる壇上に視線を向けて様子を確認する。

にこやかな笑みを浮かべてはいるが、笑みが消えてしまった時を考えると恐ろしい。

ハーキンに縋り、泣くリリアに向かってリーチェは話しかけた。

「リリア。早くこの場から抜けなさい。今ならまだ陛下もお許しくださるわ。邸に戻ってもいいし、どこかの部屋で休んでいてもいいから」

お願いだから早くこの場から辞してくれ、と願うリーチェの気持ちはリリアには届かない。

「そ、そうして……っ、また私だけを蚊帳の外にするおつもりなのね……っ、お姉様はいつもそうだわ……っお姉様のせいで私とお母様は不幸になる……っ」

「リ、リリア……大丈夫か……？　泣き止むんだ……。リーチェ……っ！　酷いじゃないか、君の妹だろう!?」

ぽろぽろと涙を零すリリアの頬を、ハーキンは自分のハンカチで拭ってやりながらキッとリーチェを睨む。

「……っ、あなたが来なければ拗れなかったのに……っ。早くリリアを連れていってください。国王陛下のお言葉が中断してしまっているのです」

「……っ」

リーチェの言葉によって、そこでやっとハーキンはことの重大さに気付いたように、顔色を悪くさせ、周囲に視線を巡らせる。

壇上にいたテオルクはゆったりとした足取りでこちらに近付いて来ており、それまで褒美の言葉を与えていた国王は玉座に戻ってしまっている。

祝勝会のもう一人の主役であるカイゼンはリーチェを庇うように彼女の隣に並び立っており、ハーキンは助けを求めるようにリーチェとリリア、二人の母親フリーシアに慌てて顔を向けたがフリーシアからはさっと顔を逸らされてしまう。

そうしていると、近付いて来たテオルクがゆったりと言葉を紡いだ。

「――まったく。黙って聞いていれば勝手なことを。リリア、リーチェに謝罪しなさい。それに、ハーキン・アシェット殿。婚約者でもない女性をいつまでも名前で呼ばないでくれ。君の婚約者はリリアだろう？」

「なっ、何で私がお姉様に謝罪しなくてはならないのですかお父様！　私はっ」

リリアの言葉が途中にも関わらず、テオルクはふ、と顔を上げて宮殿の扉付近に視線を向ける。

そしてその後に玉座に座る国王に顔を向け、テオルクから視線を受けた国王はゆったり頷いた。

「――リリア。リーチェに何度も下がれ、と言われたのにこの場に残ったのは君の意思だ。目を逸らしてはいけないよ」

「な、何を言っているのですかお父様……私は、ただ……っ」

テオルクは扉の方向に視線を向けたあと、よく通る声で告げる。

「――通してくれ！」

「……？」

誰か、入って来るのだろうか――。

リーチェが不思議そうに扉の方へ視線を向けると、ゆっくり宮殿の扉が開き、そこからよく知る人物が姿を現した。

以前のような逞しい体躯ではなくなってしまっているけれど。

健康状態には何の問題も無さそうな、懐かしい見慣れた姿。

久しぶりに元気そうな姿を見たリーチェは、自分の口元を覆った。

「――……っ、ヴィーダ!?」

扉から現れたのは、体調を崩して辞めた、と聞いていた執事のヴィーダだ。

痩せてしまっているが、しっかりした足取りでホールを進んでくる姿にリーチェは安心感からほっと息を吐き出す。

以前、テオルクがヴィーダを探し出し、事情を聞くと言っていた。

いつの間に動いていたのだろうか、とリーチェが考えていると、背後からフリーシアが絶望に満ちた呟きを漏らした。

「何で……。死んだって……助けて、フランツ……っ」

なぜ、ここでフランツ医師の名前を出すのか。

「――え? お母様……?」

フランツに縋るようなフリーシアの言葉に戸惑う。それに、「死んだ」とは一体どういうことなのか――。

「死んだ、って……ヴィーダが？　なんで、そんなことを言うの。――フランツ、医師？　フランツ医師に言われたのですか、お母様!?」

真っ青な顔で自分の口元を覆い、カタカタと震えるフリーシアに、リーチェはゆっくり振り返り、強い口調で責める。

リリアやハーキンは現状を理解できておらず、「え、えっ？」と戸惑いの声を上げている。

先ほどまで、リリアとハーキンの関係に注目していた周囲の貴族達も、リーチェやフリーシア、そしてテオルクのただならぬ様子に固唾を飲んで静かに見守ることしかできない。

「――旦那、様……っ」

「ヴィーダ。よく無事でいてくれた……」

「旦那様と、そちらにいらっしゃるカイゼン・ヴィハーラ卿のお陰です……。助けていただき、感謝いたします」

「私は陛下の命に従ったまで。必要以上に恩を感じることはない」

「――え、え……？　お父様？」

自分の目の前で、一体何が起きているのか――。

そして、カイゼンまでもが国王の命令で動いていた、とは一体全体どうなっているのか――。

リーチェは混乱し、戸惑い、あちらこちらに視線を泳がしてしまう。

そんなリーチェの下に、ずいぶんと痩せてしまったヴィーダが近衛兵の手を借り、やって来た。

「お嬢様……、ご無事で本当によかったです、お嬢様……」

「わ、私は無事よ……？　ヴィーダ、あなたこそ無事で本当によかったわ。体は大丈夫なの？痛いところはないの？」

くしゃり、と顔を歪め、涙を零してしまいそうなのを必死に耐えるリーチェに、ヴィーダも瞳の端にキラリと涙を滲ませた。

お互いの無事を知り、手を取り合うリーチェと執事のヴィーダの姿に、状況を把握しきれない周囲は微動だにできず、じっと見守っている。

だが、一介の使用人にすぎないヴィーダと再会し、無事を喜び、手を取り合うリーチェとヴィーダの姿はなぜか感動を誘う。

周囲にいる貴族達は二人の姿を見て、なぜか自分の胸がじん、と熱くなるのを感じていた。

「ヴィーダ。君が邸で聞いたことを、今この場で皆の前で話して聞かせてやるといい」

カツン、と足音を鳴らしヴィーダの隣に立ったテオルクが、力が抜けてしまい、床に座り込んだフリーシアを恐ろしい形相で見下ろす。

テオルクの表情は、その視線を向けられていないリーチェですらゾッと寒気が背筋に走るほど恐ろしく、冷ややかだ。

これが、殺気、というものなのだろうかと、リーチェは漠然と理解した。

「はい、旦那様。あれは……旦那様が出征された2年前、です……。旦那様が邸を発たれて、しばらくしたある日……奥様はその日、リリアお嬢様の主治医であるフランツ医師といつものようにお話をされていました……リリアお嬢様の健診は、月に2度ほど。けれど、その日から奥様は……フランツ医師を度々邸に呼び出されました……」

「――えっ」

そうだったのか、とリーチェは驚いてしまう。

テオルクが出征してから、それほど頻繁にフランツ医師を邸に招いていた、とは。

そこで、リーチェはハッとする。

「……まさか、邸の者には内密に……？」

リーチェの言葉に、ヴィーダはこくりと深く頷く。

「――はい。奥様は我々使用人にも内密に。伯爵家の地下通路より、フランツ医師を招き入れておりました。私は旦那様より邸の地下通路を全て教えていただいておりましたから、定期的に確認を……。それで、長らく使用されていないはずの地下通路に使用跡があり、調べていくうちに……」

「……っ、お母様がフランツ医師を個人的に招き入れていた証拠を掴んだ、のね……」

「仰る通りです、お嬢様……」

ヴィーダの話が進んでいくにつれ、フリーシアの体の震えは激しくなっていく。

周囲の貴族達は伯爵夫人がお抱えの医者と不貞を犯していたのか、と下卑た表情を浮かべ、他人事のように眺めている者も多いが、中にはあからさまに顔色を悪くしている貴族女性もちらほらと見受けられる。

「――っ、その医師と、奥様の会話を聞いてしまった私は……っ、恐ろしい事実を知りました……っ」

「……知った、のね？」

リリアが不貞の末に生まれた子だということを知ってしまったのだろう。

リーチェの問いに、ヴィーダはこくりと頷いた。

「これ、は……大変なことだと……お家に関わる重大な事柄だ、と。私は急ぎ事実確認をして、旦那様にお知らせしようとしましたが……」

「――証拠集めをしている最中、ヴィーダはフランツ医師に見つかってしまったんだ」

ヴィーダの言葉を引き継ぐようにして、テオルクが静かに続ける。

なるほど、とそこでリーチェは合点（がてん）がいった。

不貞を犯した事実を知られてしまったら大変なことになる。だから、その事実を知ったヴィーダをどうにかしようとしたのだろう。

自分達の幸せが脅かされてしまうのであれば他人の人生など、どうなってもよいというのだろうか。

簡単に人の人生を滅茶苦茶にしようとしたフリーシアの浅慮な考えに、リーチェは愕然としてしまう。

恋に狂ってしまうと、こんなに愚かなことをしでかしてしまうのだろうか。

人を、大切な使用人を害そうとしていた。

そんな罪を犯そうと、いや、犯していたのか。と、フリーシアの罪にリーチェは溜息を吐き出した。

それは、周囲で聞いていた他の貴族達も同じようで。

やれやれ、といったような雰囲気に場の空気が変わる。

だが、テオルクの怒りはいまだ冷めやらないようで一歩、フリーシアに近付いた。

「――フリーシア・ハンドレ。君は、国を陥れようとした逆賊の手助けをしたとして、国王陛下に差し出す。よいな」

「――っな⁉　逆賊ですって⁉　あなた……！」

「捕らえてくれ！」

フリーシアはテオルクの言葉にぎょっと目を見開き、悲鳴を上げる。

その場にいたリーチェはことの重大さに言葉を失い、ハーキンに支えられているリリアは
「嘘よ！」と悲鳴を上げた。

何が、どうなっているのか――。

逆賊の手助けをした？

お母様が――？

リーチェが混乱し、戸惑い後方によろめく。すると、自分の体を支えてくれる逞しい体にぶつかり、リーチェは後ろを振り向いた。

案の定、そこにはカイゼンがいて。

「――知って、いたの？　ヴィハーラ卿……」

「すまない、リーチェ嬢。私もつい最近……陛下より事件の調査命令を賜った。事が事だけに、慎重に動かざるを得なかった」

「……逆賊、お母様が……っ、そんな人の手助けをっ」

「相手がそんな人間だとは知らなかった可能性は、ある――」

フリーシアを捕らえるためにバタバタと慌ただしく駆け付ける近衛兵達に、フリーシアは絶

望に濡れた目をリーチェに向けた。

フリーシアとぱちり、と目が合ったリーチェは何が何だか分からないといった様子で、フリーシアと見つめ合う。

「リっ、リーチェ……っ！　助けて！　どうかこの人を説得して！　私はそんなつもりなんてないわ……っ、国を裏切るなんて、ただっ、フランツを愛してしまっただけなのに……っ！」

リーチェに向かって手を伸ばすフリーシアの姿を見せないように、テオルクがリーチェとフリーシアの間に体を割り込ませた。

「——浮気なんて、しなければよかったものを……っ。何よりも……」

テオルクはすっ、としゃがみこみ、フリーシアにしか聞こえない声音で彼女に呟いた。

「私の大切な娘、リーチェを害そうとしたことが一番許し難い」

「——っ⁉」

テオルクの言葉を聞き、フリーシアは真っ白な顔で勢いよく顔を上げた。

話が終わったと察した国王が玉座から立ち上がる。そして宮殿のフロアを見渡したあと、高らかに宣言した。

「医師フランツ、またの名を医師マイク！　この者を国際手配する。この男は国家反逆罪の重犯罪者だ。この男の手助けをした者、関わりのある者、全てから話を聞く！」

よいな！　と声を張り上げた国王は、身を翻し壇上から降り始める。このまま宮殿から退出するつもりなのだろう。

医師マイク——。

国王が発した名前に、周囲の貴族達はざわり、と驚きに満ちた声を上げる。

あちらこちらから戸惑いと「マイクって！」「うちの専属医師と同じ名前だ！」という、悲鳴にも似た叫び声が上がり、途端、宮殿内はざわめきと混乱に支配された。

だが宮殿から退出する寸前、歩いていた国王が足を止め、言葉を続けた。

「医師フランツ、あるいはマイクは、素性を隠し各家に専属医として潜り込んでおった。我が国の情報を収集していた他国の人間だ。正体を知らず接していた者に厳罰——処刑のような罰は課さぬ。だが、少しでも奴を庇い立てする者は直ちに処刑する、愚かな考えはやめよ」

予め、内部調査が進んでいたのだろう。

城の警備兵や近衛兵が素早く動き、フランツ医師と不貞を犯していた貴族女性の家々に向かって行く。

不貞を知らなかった家の当主は目を剥き、当主夫人は顔を覆いわっと泣き出す者や、その場から逃げ出そうとする者、当主に縋る者までさまざまだ。

「——祝勝会は後日改めて行う。よいな」

国王はそれだけを言い終えるとそのまま宮殿を退出した。

宮殿内に残った者達は混乱し、自分の妻の不貞を初めて知った者は戸惑い怒り、まさに阿鼻叫喚の地獄絵図のような状態だ。

もはやリーチェやリリア、ハーキンに注目する人間はおらず、貴族達は自分達のことで手一杯になっている。

「待って……、本当に、一体いつからこんなことを……っ」

カイゼンに体を支えてもらっていることにすら、気が回らないほど混乱しているリーチェは、自分の額を覆う。

力強く背を支えてくれているカイゼンに、リーチェは自分の身を任せながら厳しい表情ですぐ近くに佇(たたず)むテオルクに視線を向けた。

「リ、リーチェ……一体、何が起きているんだ。伯爵夫人が、不貞を……？　それに、君の両親は離婚、を……？」

真っ青な顔のままふらりとハーキンがリーチェに近付く。

ハーキンの腕の中にはリリアもいるが、俯き、言葉を発しないリリアが今どんな顔をしているのか、一切分からない。

リーチェはハーキンに一度視線を向けたがすぐに逸らし、答えた。

「アシェット卿……。陛下のお言葉を聞いたでしょう？　そういうこと、だから……」

気まずそうに視線を逸らすリーチェに、ハーキンはさぁっと顔色を悪くする。

自分の腕の中のリリアとリーチェを見比べ、慌ててリリアから手を離し、縋るようにリーチェに向かって手を伸ばした。

「リ、リーチェ……っ！　り、離婚するなんて……！　ぼっ、僕は騙されていたんだ！　そ、そうだ、酷いことだ、これはっ！　リリアと夫人二人で僕とリーチェを騙して、何も知らない僕達を操って伯爵家を好きにしようとしていたんだ！」

ハーキンの厚顔無恥な言い草にテオルクが怒り、声を荒げる。

「何を今更！　リーチェに近付くな」

「リーチェ嬢に近付くならば、その腕を斬り落とすぞ！」

自分勝手なことを喚き、リリアからリーチェに乗り換えようと考えたのだろう。

自分達は被害者だ、とでも言うようにリーチェに取り入ろうとしたハーキンをテオルクとカイゼンが素早く制す。

リーチェを支えるようにして寄り添っていたカイゼンは怒りを顕にして自分の腰に差している長剣の柄に手を添え、ハーキンを強く睨み付ける。

リーチェは自分を力強く抱き締めるように、自分のお腹辺りに回ったカイゼンの腕にかあっと顔を真っ赤にしてしまう。

カイゼンに凄まれ、一瞬怯んだハーキンだったが、まるで婚約者かのようにリーチェに触れるカイゼンに眉を顰め、言い返そうと口を開こうとした。

だがそれはフリーシアが言葉を発したことにより、遮られた。

「――あなたが、あなたが悪いのよ！」

「……なに？」

フリーシアの叫びに、テオルクは不快感を隠しもせず低い声で反応を返す。

両脇を近衛兵に囲まれ、宮殿から連れ出されそうになっていたフリーシアはその場に立ち止まり、憎悪の籠った瞳でテオルクを睨み付ける。

「全部、全部全部あなたが悪いのよ……っ！　結婚してからあなたは仕事ばかりで、私がどれだけ惨めだったか！　愛しても、愛情を返してくれない夫にどれだけ私が傷付いたか……っ、だから私はっ！　愛してくれるフランツを私も愛したの！　寂しい時間を埋めてくれたのは全部フランツで、私のことを分かってくれるのもフランツ。あなたじゃなくてフランツなのよ！」

涙を流しながら、凄み、目を剥き笑って告げるフリーシアの姿に、リーチェは無意識にカイゼンの腕に縋ってしまう。

リーチェに腕を掴まれ、カイゼンは優しくリーチェの手のひらを自分の手で包み込み、力強く握り返した。

「私は、ただ私を愛してくれる人と幸せになりたかっただけで！　国を陥れるつもりなんてなかったのよ……っ、こんなことになったのも全部あなたが悪いのよ!?」

悪いのは全てテオルクだ、と責任を押し付けるフリーシアにテオルクは真向から言い返す。

「私は家族を大切に想っているし、君のことも私なりに愛していた。だが、君は母親ではなくいつまでも女性でいたかった、ということか。恋に狂い、人として道を踏み外したことは何とも思わないのか？」

「――っ」

テオルクが先ほどフリーシアに告げた言葉だろう。

その言葉はリーチェの耳に入ってはいないため、二人が何のことについて話しているのか分からず、眉を寄せる。

ヴィーダを害そうとしたことだろうか、とリーチェが考えていると、意気消沈したように急に静かになったフリーシアからふい、と顔を逸らしたテオルクが近衛兵に「連れていってくれ」と静かに告げ、リーチェの前からフリーシアは連れ出されていった。

連行され、去っていくフリーシアの背中をリーチェは見つめ続けた。リーチェの視線には気付いているはずなのに、フリーシアは最後まで、扉から退出して姿が見えなくなるその時まで

一度も、リーチェとリリアを振り返ることはなかった。

しばしの間、茫然としていたリーチェのもとにテオルクがやって来て、優しく声をかけてくる。

「――リーチェ、帰ろうか。今回の件は、邸で説明する」

「お父様……。はい、お願いいたします」

さあ、とテオルクに手を差し出されたリーチェはカイゼンに促され、そのままテオルクの手を取ろうと、自分の腕を持ち上げる。

リーチェがテオルクの手に自分の手を重ねようとしたところで、リリアから離れたハーキンが「待ってください！」と慌てて詰め寄ってきた。

「待って、待ってください……っ！　今の話、が本当なのであれば……伯爵夫人が不貞を働いていたというのが本当なのであれば！」

ハーキンはちらり、とリリアに視線を向け、迷うように一瞬だけ瞳を揺らしたが、キッとテオルクに真っすぐ視線を合わせ、自分の胸に手を当てて宣（のたま）った。

「僕も伯爵夫人に騙された被害者です……！　伯爵夫人の策略で、僕とリーチェの仲を裂こうとして、無理矢理リリアを宛（あ）てがわれたのです！　今回の婚約破棄は無効としてください……！」

僕は騙されたのだ、僕は被害者だと言い出すハーキンに、それまで俯き言葉を発しなかったリリアがゆらりと顔を上げた。

「何を、何を言っているのよ、ハーキン！」

鈴が転がるような可愛らしい声とかけ離れた、低く重いリリアの声。

リリアはハーキンを睨み付けたまま、言葉を続けた。

「ハーキン、あなたはお姉様より私を愛しているって言ってくれたじゃない！　それなのに、その気持ちは嘘だったたって言うの？　騙されたとでも言うの!?」

「だっ、だってそうだろう……!?　ハンドレ伯爵の態度を見ていれば分かる！　それにリリアはちっともリーチェと似ていないし、伯爵にも夫人にも似ていないじゃないか!?　本当は伯爵と血の繋がりなんてないのに！　リリアと結婚しても伯爵位を継げないのに、嘘をついて僕を騙したんだ……！　自分は伯爵家の血を継いでいないのに、僕を伯爵にしてやるなんて嘯をついて騙したんだ！」

「な……っ、だって、私だって知らなかったんだもの……っ、お父様と血が繋がっていないなんて——！」

ぐしゃり、と顔を歪めて泣き始めるリリアに、婚約破棄は無効だと騒ぎ立てるハーキン。

早く邸に戻りテオルクから話を聞きたいのに、とリーチェは苛立つ。

それに、カイゼンの肩を借りて辛そうに待っているヴィーダも早く休ませてやりたい。

「……いい加減にして」

リーチェは重く、長い溜息を吐き出したあと、ハーキンとリリアに冷たい視線を向けた。

リーチェの聞いたことがないほど低い声を聞き、言い合いを続けていたハーキンとリリアが思わず押し黙った。

二人が口を噤んだ隙に、リーチェはもう一度同じ言葉を繰り返した。

「いい加減にして、二人とも」

ハーキンを睨み付け、リーチェが話し出す。

「ハーキン・アシェット卿。私とあなたの婚約は既に破棄されているの。無効になんてならないわ。これ以上しつこくしないで」

リーチェは一息で話し終えたあと、今度はリリアに視線を移す。

「それにリリア。あなたもいい加減になさい。もう子供じゃないのよ。自分の行動、言動に責任を持ちなさい」

リーチェに冷たく告げられたリリアは信じられない、とわずかに目を見開いた。

だがリーチェは構わず言葉を続ける。

「アシェット卿はもう帰って。そして今後はリリアと好きに婚約なり、結婚なりして。リリアも、それでいいわね？」

「リ、リーチェ……！」

「お姉様、そんな言い方酷いわ！」

言いたいことを言い終えたリーチェは、二人から顔を背け、辛そうに立っているヴィーダを支えるカイゼンのもとに足早に向かう。

ハーキンとリリアに目もくれず、宮殿を去ってしまいそうなリーチェを、ハーキンは諦め悪く追いかけようとした。

だが、その間にするり、と自分の体を割り込ませたテオルクに阻まれてハーキンは狼狽えることしかできない。

狼狽えるハーキンに向かってテオルクが口を開く。

「……そもそも、君が浮気したのが原因だろう。リリアとの結婚は許すから、今後は領地で慎ましく二人で暮らしなさい。小さな家くらいは用意してやる」

テオルクはそれだけを言い終えると、リリアとハーキンに背中を向けてリーチェのあとを追うようにさっさと歩いていってしまった。

ハーキンの嫌だ、待ってくれという叫びも、リリアが泣いて叫ぶ声も、周囲の喧騒に掻き消されてテオルクには届かなかった。

5章　終幕

祝勝会から帰宅したリーチェ達は、邸に戻ったあと、具合の悪そうなヴィーダを軍医に任せ、応接室に集まっていた。

「お父様、ヴィーダを見つけてくださっていたのですね？　それに、あんな状態になっていたなんて……ヴィーダはもう大丈夫なのですか？」

ソファに腰を落ち着かせ、皆が落ち着いた頃合いを見図り、リーチェが話し出す。

リーチェに話を振られたテオルクは問いかけに頷いてから口を開いた。

「ああ。フランツ医師によくない薬を投与されていてな。危ないところだったのだが、軍医にしっかり診てもらったからもう問題ない。大丈夫だそうだ」

テオルクの言葉と、笑みにリーチェはほっと胸を撫で下ろし、「よかった」と呟いた。

そして一つ横のソファに座っているカイゼンに視線を移す。

「ヴィハーラ卿。ヴィハーラ卿のご助力もあったとか……。本当にありがとうございます」

カイゼンと目を合わせ、笑顔でお礼を述べるリーチェにカイゼンも微笑み、頷く。

「それで……あの、お父様」

「ん？　何だ？」

聞きにくそうにしている様子のリーチェに、テオルクは優しく先を促した。

優しく微笑んでくれているテオルクに、リーチェは覚悟を決めたように問いかけた。

「その……今回の一件、ヴィハーラ卿はどこからどこまで……？」

「──ああ」

なぜ、カイゼンがこれほど協力してくれたのか。

国王からの命があったとはいえ、それは一体どこからだったのだろうか、とリーチェは考える。

もしかして出征から戻って来た時には既に？　とリーチェが恐る恐るテオルクに問いかけると、テオルクはゆるゆると首を横に振り、否定する。

「──いや。最初は本当に祝勝会までの間、邸に滞在してもらうつもりだった。リーチェの婚約破棄に関して調べていくうちに、色々と引っかかる部分が出てきて、な。出征中、軍医にフランツ医師について気を付けろ、と助言をもらったあとに今回、突然の婚約破棄だろう？　婚約の件とヴィーダのことを調べていくうちに、私一人の手には負えない状況になり、陛下に報告をして、その話がカイゼン卿に……」

テオルクの説明に、リーチェは「なるほど」と言葉を返す。

「そうだったのですね……。それだったら、もし婚約破棄が行われていなければ、今頃は……」

「ああ。もしかしたら気付かぬまま、フランツ医師の思惑通りことが進んでいたかもしれない。情けないことに、フリーシアが不貞行為を働いていたことを、まったく知らなかったからな」

「それだけ、お母様も周囲に知られてはならないと必死に隠していたのですね……」

「ああ。だが、私が戦に参加して邸を不在にしたことから、大胆に行動し始めた。その結果、ヴィーダに知られ、調べられてしまった。だから、真実を知るヴィーダを亡き者にしてしまおうと考えたのだろう。それと、フリーシアの補佐をしていた侍従のマシェルは伯爵家の金に手を付けていたことも分かった。不貞の件に関しては関与していなかったから、その件については無関係だったのだろう」

混乱させてしまってすまないな、とリーチェに向かって謝罪するテオルクに、リーチェは慌てて首を横に振る。

「いえ、とんでもないです！　むしろ、私もお父様が不在の間、もっとお母様に目を向けていれば……」

「だが、私がいない状況でリーチェがフリーシアの不貞に気付いていたら、危ない目にあっていた可能性がある。……このタイミングでよかったんだよ」

「そう、でしょうか。何だか、ヴィハーラ卿にもご迷惑をかけてしまって……」

申し訳ありません、と突然話を振られたカイゼンは、とんでもないとばかりに慌てて首を横に振った。

「いや……！　私に協力できることがあれば、と伯爵に自ら申し出たんだ！　リーチェ嬢が謝罪する必要はない。……ただ、個人的にあの男が気に食わなかっただけ、で……」

「……っ」

恥ずかしそうにリーチェから視線を逸らし、ぼそぼそと言葉を紡ぐカイゼンに、リーチェも釣られて薄ら頬を染めてしまう。

何だか以前からカイゼンの態度や、言葉はリーチェを想っているような雰囲気で。

今回の事件のためにカイゼンは伯爵邸に滞在していたのか、と思ったのだがどうやらそれも違うらしい。

最初は本当に、カイゼンの好意でリーチェを助けてくれていたらしい、と分かりリーチェはますます気恥ずかしさを感じてしまう。

二人の様子を見ていたテオルクは咳払いをしてから、話を戻した。

「──まあ、追々二人で話し合ってくれ。リーチェの今後の婚約や結婚について、私は一切口を出さない。リーチェに迷惑をかけたくないからな。ただ、全てが済んでからだ。いいな？」

最後の一言はまるでカイゼンに言い聞かせているようで。

目を細め、釘を刺すように低く告げたテオルクに、カイゼンは背筋を伸ばしてこくこく、と何度も頷き、テオルクに答えた。

「それは、もちろんです……！」

出征中にずいぶん仲が良くなったわね、と思っていたリーチェだったが、二人の間で色々と複雑なやり取りがあったのかもしれない。

二人の態度から、自分の預かり知らぬ所で自分のことについて、何かやり取りをしているのは明白だ。

リーチェはじとっ、と二人を見つめるが、示し合わせたかのように同時に顔を逸らされた。

（……本当に、ずいぶんと仲良くなったみたい……）

自分についてカイゼンと一体どんな話をやり取りしていたのだ、と些か釈然としないがテオルクがわざとらしく咳払いをする。

「良いか、話を戻すぞ。フランツ医師だが、奴は今国内に潜伏していて……協力者に匿われている可能性がある。その協力者を炙り出すために、陛下が祝勝会の場を利用された。主だった国内の貴族達があの場に参加していたからな。今頃、王城では複数の貴族が連れていかれ、事情を聞かれているだろう。……そこで有益な情報を得られればいいのだが」

フランツと関わりがあった重要な人物としてフリーシアも連行されて行ったのだ、とテオルクが説明する。

「……あの言葉が本当であれば、厳罰は免れるはずだ。せめて、自分の娘リリアとひっそり暮らしてくれれば、と思うよ」

逆賊だとは知らなかった、と言っていた。

フリーシアの言葉を思い出し、リーチェもテオルクに同意する。

「そう、ですね……。命まで落として欲しいとは思いません、そこまでは……」

恋に狂い、愛に溺れ、全てを失ってしまったが、せめて、愛する人との間にできた娘とひっそり暮らしていければいいと、リーチェは本心からそう思った。

命まで落として償え、とまでは思わない。

けれど、もう二度と分かち合うことはできないし、家族を裏切ったフリーシアを許すこともできない。

どこか、伯爵家の領地のどこかでリリアと穏やかに過ごしてくれればいいと、リーチェはそう考えた。


リーチェ達が邸に戻ってから数時間。

リリアが宮殿から戻って来たのだろう。邸内がにわかに騒がしくなる。

扉の方に顔を向けたテオルクは、一瞬だけ寂しそうな、悲しそうな顔をしたがすぐに気持ちを切り替え、ソファから立ち上がった。

「——戻って来たようだな。リーチェとカイゼン卿はここに。私がリリアと話してくるよ」

父親一人に任せてしまっていいのだろうか。

自分もリリアと話をした方がいいのでは、とリーチェも腰を浮かしかけたが、テオルクに緩く首を横に振られ、またソファに落ち着く。

「話してくる。少し席を外すから、何か質問があればカイゼン卿に」

「ヴィハーラ卿に？　でも……」

「彼には騎士としての職務上、事件に関して陛下より詳細の説明があった。今回の一件についても彼も事情を把握しているから、不安や分からないことがあれば聞いていてくれ」

「分かりました」

じゃあいってくる、とテオルクは応接室を出ていく。

その横顔はどこか物悲しく見え、テオルク自身やるせない気持ちでいっぱいなのだろう。

自分の娘だと思っていたリリアが、他の男との間にできた子供だったとは。

だが、そこでリーチェははた、と瞳を瞬かせた。

「ヴィハーラ卿……」

「何だ、リーチェ嬢？」

「あの……今更ですが。お父様はリリアと血縁関係がないことをいつ知られたのでしょう？」

いつ頃、事実を知ってしまったのだろうか、とリーチェが疑問に思ったことを口にすると、カイゼンは言い難そうに一度リーチェから視線を外し、答えた。

「軍医からフランツ医師の話を聞いた、と言っていただろう？　その時にふと思ったそうだ。リーチェ嬢の妹君は早産のため体が弱く、健康ではないと説明を受けていたそうだが……出産後の赤子の体重は十分で、臓器への影響は早産の赤子にしては軽かった。……もし、早産じゃなかったら？　予定通り生まれてきていたら？」

テオルクは、そう考えたらしい。

「早産でなければ、伯爵には身に覚えがないそうだ。……リーチェ嬢が生まれて、間もなく伯爵は数カ月戦に出ている。大きな戦ではないが、簡単に戻って来られる距離でもなく、後処理などで数カ月は家を空けていたらしいから……」

「そう、ですか……。戦に向かっていた時期なのであれば、思い違いなど起きませんよね……」

「ああ。戦関連は国でもしっかり記録している。間違いなく、17年前に伯爵は数カ月戦に参戦していた。それで違和感を覚えた伯爵が教会に血縁関係の確認を申請して、あとは独自にも調べていたらしい」

カイゼンの話を聞いたリーチェは、自分の頭を抱えて俯いてしまう。

一体、どんな気持ちでテオルクはこの数カ月過ごしてきたのだろう。娘だと思っていた子を疑わなければならないなんて、とリーチェは自分の胸がじくじくと痛み、苦しくなってしまう。テオルクだって相当な悲しみだっただろう。それなのに、婚約破棄の件も全て任せてしまった。テオルクの悲しみや苦しみ、悩みに気付かず全部押し付けてしまったなんて、とリーチェは自分の不甲斐なさを深く恥じた。

リーチェがそうしているうちに、先ほどまで騒がしかった扉の向こう側が、今は静まり返っている。

父親が、妹と一体どんな話をしているのか。

それはリーチェにもまったく想像つかなかった。

邸に戻って来るなり、リリアは使用人達に向かって叫び、喚いていた。

「――お父様は⁉　お父様はどこにいるのよ……！　それか、お姉様、そうよお姉様は！　お母様が連れていかれてしまったのよ！　早く助けなくちゃ！」

まさか、あの場で父親から背を向けられるとは思わなかった。

まさか、ハーキンと共に宮殿に置いていかれるとは思わなかった。

リリアは自分をなだめようと、落ち着かせようとする使用人達に向かって怒りをぶつける。

リリアを止めようと、腕を掴もうとする使用人を叩き、近くに飾ってある花の活けられた花瓶を投げつける。

置いていかれるなんて。

こんな屈辱は有り得ない。

(そうよ……！　お父様もきっとお姉様に全部騙されているのよ……！　お姉様がっ、お姉様がお父様に変なことを吹き込んだのよ！)

泣き喚きながらぜいぜいと肩で息をして、リリアを止められず途方に暮れていた使用人達があっ、という顔をして一斉に頭を下げた。

「旦那様……！」

「お父様!?」

使用人の声に反応して、リリアは顔を上げた。

すると、そこには応接室の扉から出てリリアに向かって歩いて来るテオルクの姿が見える。

テオルクは無表情のまま近付いて来るが、リリアはそんなことには気付かない。

近付いて来るテオルクに、駆け出したリリアはそのまま抱き着いた。

「お父様……っ！　置いて帰ってしまうなんて、酷すぎます！　あの場に残されて、どれだけ悲しかったか、どれだけ恥ずかしかったか！　私は悪くないのに、ハーキンが私を愛してしまったからいけないのにっ！　それに、お姉様も酷いわ……！　お父様に告げ口をして、滅茶苦茶な嘘を吹き込んで――」

「もうやめないかリリア」

自分は悪くない、ハーキンやリーチェが悪いのだ、とお粗末な言い訳を始めるリリアに、テオルクはぐっと眉を寄せ、険しい顔つきのままもう一度リリアに向かって言葉を紡ぐ。

「リリア、もうよしなさい。周りにいる誰かのせいにして、自分に何の罪もないと思っているのか？　母親の不貞は確かにリリアに関係ない。それは、私とフリーシア二人の問題で、子供達には何の罪もない。けれど、それがリーチェの滅茶苦茶な嘘だと？　むしろリーチェは私が話すまで何も知らなかった。もう、全てを周りのせいにして過ごすのはやめなさい。これからは自分のことは自分でできるようにならないと……」

リリアの肩に手を置き、言い聞かせるように諭すように話すテオルクに、リリアの顔色はどんどん曇っていく。

「――まさか私を捨てるの、お父様……？　私を捨てて、お姉様を……？」

「伯爵家の……ハンドレ伯爵家の血を引いていないリリアを邸に住まわせることはできないん

だ、すまない」

「お父様……っ」

なんで！　と咽び泣くリリアに、テオルクは申し訳ない、ともう一度だけ告げた。

テオルクは近くにいた使用人を呼び、リリアを部屋に送るように指示をする。

泣きながら去っていくリリアの小さい背中を、テオルクは見えなくなるまで見つめ続けた。

テオルクが部屋を出ていってから、どれくらいの時間が経ったのだろうか。

リーチェとカイゼンはぽつりぽつり、と会話を続けていた。

「今回の件は、ただの不貞やら不倫やらにしてはことが大きすぎる……。フランツ医師のことを調べ始めた伯爵はその違和感に気付き、すぐにフランツ医師の裏を取り始めた」

そして、フランツ医師が複数の夫人と関係を持っていることも。色々な家の夫人との間に生まれた子供の多さにも、テオルクは違和感を覚えた。

「夫人達ののめり込み方が尋常ではない。フランツ医師に依存し、執着し、傾倒しすぎている。これはもう一種の洗脳のようなものだろう？」

「待って、待ってください……。そんな恐ろしいことが水面下では起こっていたというのですか」

カイゼンの言葉に、リーチェは唖然としてしまう。

ただの浮気や不倫では済まされない。

一人の医師に依存し、家庭を壊し、狂っていく——。

リーチェは先ほど目にした、フリーシアの狂気に満ちた表情を思い出し、寒気を覚えた。

カイゼンは、唖然として微かに震えるリーチェの両手を自分の両手で包み込んでやり、優しい声音でリーチェに説明を続ける。

「陛下は今回の一件を重く受け止めておられる。だからこそ、フランツ医師と関係を持った人間を炙り出す囮(おとり)の場として、祝勝会の場を設けた。……もはや、我が国は正体不明の国に戦争を仕掛けられていたと言っても過言はない」

「……っ、ぼうっと過ごしていたら、気付いた時には恐ろしいことになっていたかもしれませんね……」

「ああ。我が国では医師という職業は、比較的自由に行動できるからな……。人の命を助ける尊い職業を、戦争の道具として使うなど、許されざる行為だ。陛下はフランツ医師を筆頭とした、医師の集団がいると考えておられる。……しばらく、国は荒れそうだ」

困ったように眉を下げて言葉を紡ぐカイゼンにリーチェはごくり、と喉を鳴らす。

リーチェはそこで自分も無意識のうちにカイゼンの手を握り返していたことに気付き、慌てて手を離そうとしたのだが、リーチェの動きに気付いたカイゼンがぐっとリーチェの手を握り込んだ。

「そ……、その……ヴィハーラ卿……手を、」

「離したくない、と言ったらリーチェ嬢は困るだろうか」

「え、ええ……!?」

しゅん、と肩を落として悲しそうに言うカイゼンに、リーチェは戸惑ってしまう。

先ほどまで真剣な、真面目(まじめ)な話をしていたというのに、二人の間に流れるムズ痒いような、甘ったるい空気に、リーチェはおろおろと意味もなく周囲を見回してしまう。

先ほどまで室内にいた使用人は、お茶の替えを用意しにいってから戻ってくる気配がない。

そして、テオルクも戻ってくる気配がまったくない。リーチェはこの気恥ずかしい雰囲気に顔を真っ赤に染めてしまう。

「こんな大変な時期に、というのは自分でも分かっているんだ。だけど、この3年間は長かった……」

「え、え？　さ、3年ですか？」

「ああ。実は俺達は3年前に会っているんだが……この間が初対面ではない。覚えていないか？」

「3年前、え？」

カイゼンは今まで自分のことを「私」と言っていたのに、突然「俺」という一人称に変わったことに、リーチェはどきり、と心臓が跳ねた。

今まではカイゼンから遠慮のような、配慮のようなものを感じていた。だが、じりじりと距離を詰めてくるカイゼンに、徐々にリーチェはソファの隅に追いやられていく。

「そうか……。話したのもほんの短い、わずかな時間だった、だからか……。でも、俺はあの日のことを忘れたことはない……。うかうかしているうちに、またリーチェ嬢を攫われてしまうのはもうごめんだ」

「え、ええ……？」

「本当に……本当はもっとちゃんとした場で、ちゃんと場を整えて伝えたかった。けれどしばらく国内が騒がしくなりそうだし……伯爵から許可は出ている、だから……っ」

「ちょ、ちょっと待ってください、ヴィハーラ卿……っ」

近付いて来るカイゼンに、そろそろリーチェの心臓も限界だ。

真っ赤になっているリーチェの両手を握りながら、カイゼンは真っすぐリーチェを見つめながら再び口を開く。

「――カイゼン、と。リーチェ嬢にはカイゼン、と名前で呼んで欲しい。そして、どうか俺と――」

カイゼンが何かを伝えようとした時。扉の方からコンコン、とノックの音が聞こえる。

だが、そのノックの音は室内から聞こえている。

そのことに気付いたリーチェは、慌ててカイゼンの手を振り解き、扉を振り返った。

「――時間切れだ、カイゼン卿。さあ、陛下のもとに行こうか」

「伯爵……っ！」

「お父様……っ」

そこには、開いた扉に体を預けているテオルクの姿があって――。

笑顔を浮かべているがどこか刺々しい笑顔に、カイゼンはパッとリーチェから距離を取る。

リーチェは自分の父親に見られてしまった恥ずかしさに更に顔を真っ赤に染め上げ、カイゼンは悔しそうに表情を歪め、ソファの端に戻った。

「カイゼン卿。恐らく他国からの侵攻に備え、軍編成が行われるはずだ。忙しくなるから続きは本当の祝勝会でやりなさい」

「――分かりました。その時に改めて」

二人でやり取りをする姿に、リーチェはやはり最初からテオルクはカイゼンの気持ちを知っていたのか、と気恥ずかしさを隠すため、じとりとした視線を送ってしまう。

ソファから立ち上がったカイゼンは、やるせなさにくしゃくしゃと自分の髪の毛を乱したあと、リーチェの足元に跪いた。

「えっ、ヴィ、う、カイゼン、卿……⁉」

カイゼンの突然の行動に、リーチェはどもってしまう。今までのようにヴィハーラ卿、と呼ぼうとしたが先ほど名前で呼んで欲しいと請われたことを思い出し、カイゼンの名前を口にしたリーチェに、カイゼンは嬉しそうに破顔した。

「リーチェ嬢。祝勝会の時に改めて告げる。その時はどうか……リーチェ嬢の良い返事を聞きたい」

「あ、うぅ……はい……」

リーチェは自然な動作で掬い上げられた自分の手の甲に、希うように額を寄せるカイゼンになんとかそれだけを絞り出し、答えた。

嬉しそうに表情を綻ばせたカイゼンに、リーチェの胸がきゅう、と締め付けられる。

リーチェが真っ赤に染まった自分の頬を両手で覆っている間に、カイゼンはテオルクと共に応接室をあとにした。

それから、ひと月、ふた月と時間が過ぎた。

テオルクやカイゼンが言っていた通り、この出来事がきっかけとなり、国内は少し慌ただしくなった。戦争の準備、反逆者に深く関わった者の処刑や処罰。さまざまな出来事で王都は一時期殺伐とした雰囲気に包まれた。

だが、そんな中でもカイゼンは忙しい合間を縫い時間を作り、頻繁にリーチェに会いに来た。

テオルクとフリーシアの離婚が正式に成立し、リリアとフリーシアはハンドレ伯爵家が管理する辺鄙(へんぴ)な場所にある領地にひっそりと向かった。

ハーキンは他の婚約者を必死に探していたようだが、浮気者ということが知れ渡ってしまったため、結婚してくれる令嬢は見つからない。ハーキンは侯爵家に戻ることも許されず、フリーシアとリリアが出ていったその時、リリアの隣にその姿があった。

恐らく相当な苦労をするであろうが、自分の行動によって招いた結果だ。

誰も手を差し伸べることはしない。

そして、フランツ医師はとある貴族の夫人に匿われていたらしく、無事身柄は確保されたが、その後の彼の処遇について、リーチェの前では語られなかった。

他国の間諜であるフランツ医師は重要な情報を持っている。

殺されてはいないだろう、と誰かが言葉を濁した。


そして。

国内が落ち着いた頃、改めて祝勝会が開かれるのだが、そこで大勢の貴族の前で派手な求婚をするこの国の英雄と、伯爵家の令嬢の話はまだ誰も知らない――。

カイゼン視点・もう一つの物語

1章　一目惚れは3年前

3年前のある日。

国内の貴族達が多く参加するお茶会があった。

夜会や舞踏会とは違い、昼から開催されるこのお茶会は、この国では通称「花の茶会」と呼ばれていて、この「花の茶会」は頻繁に行われていた。

その中でも大きな「花の茶会」は国内でも3つ。

カイゼンの公爵家が主催するヴィハーラ公爵家の「花の茶会」と、リンドル侯爵家が主催する「花の茶会」。そして最後に一番大規模な、王家主催で宮殿を解放して開催される「花の茶会」だ。

そして、ある日。

カイゼン・ヴィハーラは自分の家が主催した「花の茶会」に騎士として参加するのではなく、主催側の一員として参加していた。

当時カイゼンは16歳という若さでありながら、最年少で師団長にまで上り詰めたため、周囲の貴族令嬢達から数多くの縁談が申し込まれていた。

騎士としての職務を全うするために今は婚約者などいらない、と断り続けていたカイゼンであったが、自分ももう16。

このまま断り続けても縁談の申し込みが減ることはないだろう。

だからそろそろ観念して婚約者を決める必要があるな、と考え両親が勧めるまま「花の茶会」に参加していた。


着慣れた騎士服ではなく、今回は公爵家三男として参加しているため、騎士服より装飾が多く煌びやかなフロックコートを身に纏っているのだが、動き辛さにカイゼンはうんざりしつつ、話しかけてくる令嬢達にそれとなく相槌（あいづち）を打っていた。

(香水臭い……。高い声が嫌に頭に響く……。それにベタベタ体に触られるのが不快だ……)

無愛想なままでは失礼に当たる。

そのため、最低限、失礼に当たらないよう自然に令嬢達と距離を取り始める。

令嬢達の目は狙った獲物を逃がさない、とでもいうようにギラギラと欲望に濡れていて。

そんな視線に晒（さら）され続けているカイゼンはうんざりしてしまっていた。

一番上の兄はとっくに結婚して、子供も生まれている。

二番目の兄も婚約者がいて、年内に結婚予定だ。

三男である自分には家督を継ぐ可能性も、公爵家の領地を譲り受ける予定もない。

それなのに、「公爵家の人間」というだけで目の色を変えて擦り寄ってくる人間のなんと多いことか。

(――ああ、俺が師団長になったから、か……)

史上最年少で師団長に就任し、騎士爵まで賜るのではないか、と噂になっているらしい。

一代限りの爵位とは言え、貴族の夫人として生涯安定した暮らしは保証される。

(俺が戦地で殉職(じゅんしょく)でもしたら、国から膨大な金も入るだろうしな……)

結局こんなものなのか、とカイゼンは結婚にも、貴族女性にも諦めのような感情を抱き、失望していた。


「すみません、少し席を外します」

「――あっ」

「カイゼン様っ」

微かに笑みを浮かべ、使用人にグラスを渡す。

名残惜しそうに周囲の令嬢達から引き止めるように名を呼ばれるが、カイゼンはぺこりと一礼してその場を去った。

——少し休憩したい。

強い香水に、頭痛が酷くなってきている。

お茶会が開催されている庭園の中心部から離れていき、少し離れた場所にある湖に向かって歩く。

さくさく、と土を踏み締め軽快に進んでいく。

(今日は天気も良いし、剣の鍛錬にちょうど良いのにな……)

自分はこんな所でこんな格好をして、一体何をやっているのだ。と、自嘲気味に笑う。

黙々と足を動かし、カイゼンは公爵家の広大な敷地内にある湖が見える所までやって来て、そこでぴたりと足を止めた——。

「——あれは」

目的の湖が視界に入り、ほっとしたのも束の間。

煌びやかな庭園と違い、自然豊かな場所を好み、わざわざこんな所に来る人などいないだろうと考えていたのだが、その考えもどうやら外れてしまったようで。

カイゼンは慌てて大きな幹にさっと自分の体を隠した。

そして、幹からちらりと顔を覗かせて、湖の方を見やる。

そこには後ろ姿のため、誰だか分からないが、ドレスを身に纏っていることからこの「花の茶会」に参加している貴族の令嬢だろう。

そして、もう一人。

その令嬢の前に立っている人物がいる。

「――母親、とその娘か……？」

ここからはどんな会話をしているのか分からないが、母親は正面を向いているためその表情は良く分かる。

目を吊り上げ、怒りを顕にしているのが、離れた場所にいるカイゼンにも分かる。

そして、目の前の令嬢に何かを言っているようで――。

「――あ」

カイゼンが見つめる先で、母親らしき女性が目の前の令嬢の頬を打った。

そして令嬢の頬を打ったあと、母親はそのまま令嬢の前を通り過ぎ、庭園の方に戻っていってしまう。

「――なぜ、あんなことを……っ」

距離があるとはいえ、女性が頬を打たれた場面を目撃してしまった。

カイゼンは自分の懐からハンカチを取り出してそのハンカチを濡らして令嬢に渡してやらねば、と顔を上げる。

その時。

「――っ！」

頬を打たれた令嬢は、母親が去っていった方に体の向きを変えていて。

先ほどまでは後ろ姿だけしか見えていなかったが、体の向きが変わったことで、その令嬢の横顔がカイゼンの視界に映る。

打たれた頬に手を当て、きゅっと唇を引き結び、母親が去っていった方向を真っすぐ見つめている。

その瞳は悲しげに揺れてはいるものの、涙に濡れている訳でもなく、強い光を宿している。

まるで海を思わせるような青い瞳には、強い意志が宿っていて、毅然としている。カイゼンは一瞬息を忘れて見惚れた。

自分よりも年下であろう令嬢は、頬を打たれたというのに嘆きもせず、怒りもせず、悲しみで泣いてしまうこともせず、ただ凛と背筋を伸ばし立っている。

カイゼンがその令嬢の姿に見惚れているうちに、その令嬢はぱちん、と自分の両手で頬を叩き、母親が去った方向に歩いていってしまった。

「――泣いてしまうと、思っていたのに……」

恐らく14～5歳の少女が頬を打たれたというのに涙も見せず、凛と立つ姿にカイゼンは無意識にその令嬢を目で追ってしまう。

その令嬢が気になったとはいえ、今庭園に戻ってしまえばまた複数の令嬢に囲まれてしまうことは目に見えている。

カイゼンは令嬢のことが気になるものの、その日は「花の茶会」が終わるまで湖に避難していた。

◇◆◇◆◇

湖での記憶もすっかり薄くなってしまった、ある日。

「花の茶会」から数カ月後。

カイゼンはその日、臨時で街の見回りをしていた。

普段カイゼンの師団は街の警邏を行わない。他の師団の騎士が行うのだが、その日だけその師団員に欠員が多く、カイゼンの師団にその役目が巡ってきてしまった。

「――まったく。体調管理は基本中の基本だろう……」

「まあまあ団長。こんな時もありますって、たまにはこんな仕事もいいんじゃないですか？」

二人一組で見回りをしているため、カイゼンのパートナーの騎士が苦笑しつつ、そう話しかけてくる。

カイゼンは「まったく」と言葉を零しながら真面目に街の見回りを行い、そろそろ詰所に戻ろうか、という頃に女性の叫び声が聞こえた。

「――何だ!?」

「あっ、団長！」

叫び声が聞こえてきたと同時に、駆け出す。

部下も慌ててカイゼンのあとを追いかけるが、瞬足のカイゼンに追い付くことなく、どんどん距離が離れる。

カイゼンはいつでも剣を抜けるよう、腰の長剣の柄に手をかけたまま走り続け、叫び声が聞こえてきたであろう方向に向かいながら内心で舌打ちする。

(この先は孤児院のある区域だ。食に困った人間が孤児院を襲ったのか……!?)

孤児院のある区域は王都の外れにあり、孤児院への道は狭い一本道である。

時折王都の貴族も孤児院に寄付に訪れるため、万が一貴族の誰かが襲われでもしたら。もし強盗をした人間が平民であれば。その平民の命は簡単に奪われてしまう。

どうかそんなことは起きないで欲しい、と考えつつカイゼンが孤児院への一本道に到着した時。

「……っ、最悪だな」

思い描いていた最悪の事態が目の前で起きており、カイゼンは腰の剣の柄から手を離した。

孤児院への寄付に訪れていたのだろう。貴族の家紋が入った馬車が、数人の平民に襲撃を受けたらしい。

平民の格好は、皆等しくみすぼらしく、貧民街の人間であろうことが窺える。手には粗末な棒切れや錆び付いた刃物が握られていて、それが彼らの武器なのだろう。

貴族の馬車の方は白昼堂々、王都でこんなことが起きるとは思っていなかったのだろう。必要最低限、少人数の護衛しか同行していなかったが、それでも護衛と平民を比べるべくもない。

貧民街で育った人間が数人束になって襲いかかったとしても、それくらいでやられる相手ではない。先ほどの女性の叫び声は、貧民の人間の誰かの叫び声だったのだろう。

よく見てみれば既に何人かは斬り伏せられており、貧民達は既に戦意喪失しているのがカイゼンにも分かる。

これでは貧民達は皆、殺されてしまうだろう。

何とも言えない感情を胸に抱きつつ、カイゼンが一歩足を踏み出すと、貴族の護衛がカイゼンに気が付いた。

街の警邏を行う騎士服を見て、護衛達が構えていた剣を下げた。護衛の中には、カイゼンの姿に目を白黒させている者もいる。

カイゼンは近付きつつ、口を開いた。

「――そちらに怪我人は？」

護衛騎士の隊長のような男が、カイゼンの問いかけに緊張した面持ちで答える。

「我々にはおりません、お嬢様もご無事です」

「それならば良かった。襲ってきたのは貧民か……」

「はい……。孤児院へ寄付に訪れたのですが、この一本道で待ち伏せに遭い、お嬢様に怪我をさせてしまう訳にはいかず……」

「それはそうだ……」

貴族の護衛達は斬り伏せた貧民達を既に縛っており、無力化している。

素早く無力化し、捕縛する手腕から、よく訓練された護衛騎士達だ、とよく分かる。

カイゼンはちらりと馬車の方向に視線を向けたあと、護衛に言葉を続けた。

「寄付に訪れたのはご令嬢だけか？　この者達の処遇はどうする？」

よくよく見てみれば、貧民達は誰一人として命を落としておらず、皆息があり、大怪我という怪我もしていない。

貧民だからといって軽率に命を奪うようなことを一切しない護衛騎士に、そんな護衛騎士を持つ家に少しだけ興味を持ったカイゼンはそう問いかけた。

すると護衛騎士の男はあっさりと口にする。

「咎めるつもりはございません。旦那様よりそのように承っております」

「――そうか」

「はい」

貴族の中には貧民を同じ人間として扱わない者もいる。

特に、この時期王都にやって来ている貴族の中には、そんな思考の人間が多いというのに、この護衛騎士が仕える家は貧民と言えども、虫けらのように命を奪うことはしない。

(少し、甘い気もするがそんな人が王都にいるというだけで――)

カイゼンは馬車に付いている家紋を確認しようと馬車に視線を向けて、そして息を呑んだ。

「――っ！」

「あ、お嬢様……！　大丈夫ですのでお戻りください！」

馬車から降りて来ていたのだろう。

お嬢様、と呼ばれた令嬢の姿を見るなりカイゼンは目を見開いた。

少し暗い色の金髪に、青い瞳。

そして横顔だけしか見えなかったが、カイゼンの姿に気付き、ぺこりと頭を下げた令嬢には見覚えがある。

以前、カイゼンの公爵家が開催した「花の茶会」の時、湖で見た令嬢だ。

カイゼンに頭を下げ終えた令嬢は、メイドの手を借りて再び馬車に戻ってしまったが、カイゼンの胸はなぜか高鳴り、どくどくと心臓が早鐘を打ち続けた――。

「――ゼン様？　カイゼン様？」

「……っ!?　あ、ああすまないリーチェ嬢……！」

ぼうっとしていたカイゼンの視界に、ひょこりとリーチェが顔を覗かせる。

不思議そうにしているリーチェに、カイゼンは微笑みカップの縁に口を付けた。

「何か考え事ですか？」

「いや……。まあ、そうだな。リーチェ嬢と初めて会った3年前を思い出していた」

これが始まりだったな、とカイゼンは微笑みを深め、リーチェを愛おしそうに見つめた。

砂糖をまぶしたかのようなカイゼンの甘ったるい視線にリーチェはごきゅり、と口に含んでいた紅茶を変な音を立てて飲み込んでしまう。

2年間の出征を終え、戻って来たテオルクは恩人のカイゼンを伴っていた。

祝勝会までの間、邸に滞在したカイゼンと沢山の時間を過ごし、打ち解けたリーチェだったが、祝勝会を境にリーチェに対するカイゼンの視線も、態度も、大層甘くなった。

あの祝勝会での一件以降、王都はいまだざわついており、カイゼンやテオルクは忙しく過ごしているが、カイゼンは何かと時間を作り、こうしてリーチェに会いに来ていた。

事件に巻き込まれてしまったリーチェにもことの顛末を知る権利はある。

テオルクからも話はされているだろうが、父親よりカイゼンに聞きやすい事柄もあるだろう。

特に、不貞を犯した貴族達の処遇などは、テオルクよりカイゼンに聞いた方が聞きやすい。

「——さて。俺はそろそろ。また頃合いを見て来るよ、リーチェ嬢」

「は、はい！　お忙しいのに、いつもありがとうございます、カイゼン様」

「いいや、大丈夫だ。リーチェ嬢こそ……あまり眠れていないのだろう？　顔色が悪い。しっかり睡眠を取って、風邪など引かないように気を付けてくれ」

「ありがとうございます」

バレてしまいましたか、と眉をへにょりと下げながら、情けない笑みを浮かべるリーチェに、

カイゼンも眉を下げ、苦笑する

（……母親と、妹君が出ていったんだ。気丈に振る舞っていても、色々思うところはあるだろう）

どうか無理だけはしないでくれ、と最後に一言付け加えたカイゼンは、ハンドレ伯爵邸をあとにした。

しばらくの間、リーチェに会いに来るのは難しいだろう。

想像していたより、フランツが所属していた組織は大きい。

（早く調べて、全員捕らえるなりなんなりしないと……まずいな）

リーチェと幸せな一時を過ごしたカイゼンは、浮ついた思考を切り替え、しっかりした足取りで自分の師団のもとに戻っていった。

──2年半ほど前。

カイゼンは、王都で開催された王家主催の「花の茶会」に騎士として駆り出されていた。

前回とは違い、今度は騎士として職務を遂行する。

だから前回のような煌びやかな衣服ではなく、いつもの落ち着いた騎士服を纏い、宮殿内の警備を担当していた。

「花の茶会」とはいえ、王家主催の大規模な茶会は夕方から開催され、酒も出る。

滅多なことはないが、酒に酔い気が大きくなって暴れ、不埒（ふらち）な真似を働く人間も少なからずいる。

だからその日もカイゼンは、いつも通り自分の職務を淡々とこなしていた。

幸いにも茶会が開始してまだ間もないため、騒ぐ人間もおらずカイゼンが一度メインホールに戻ろうか、と体の向きを変えたところで、薄暗い宮殿の廊下の先にキラキラと煌めく美しい金髪が見えた気がした。

「——何だ？」

ぴたり、と足を止めて廊下の先を凝視する。

この先は休憩室しかないはずだ。

茶会が始まってまだ間もない時間。こんな早い時間から休憩室に人が行くなんて、とカイゼンは違和感を覚え、確認に行こうかと足を一歩踏み出したところで背後に人の気配を感じて振り返った。

メインホールに続く、広い廊下。

その廊下を、何だか歩きにくそうにしながら進む一人の令嬢を見つける。

「――あれ、は……」

この間の令嬢だ、とカイゼンは気付くなり、自然にその令嬢に向かって歩き出す。

「ご令嬢、どうした……？」

カイゼンはドキドキと逸る心臓に、声が震えてしまわないよう気を付けながら目の前の令嬢に声をかける。

突然カイゼンに声を掛けられ、驚いた令嬢は俯いていた体勢からぱっと顔を上げる。

その瞬間、ぱちりとお互いの視線が合い、海のような真っ青な令嬢の瞳が、カイゼンを真っすぐ見つめた。

宝石のようにキラキラと輝く瞳に、一瞬見蕩れたカイゼンだったが、その令嬢が自分の足を庇っていることにいち早く気付き、慌てて口を開いた。

「――足、を怪我しているのか？　大丈夫か？」

「あっ、いえっ、違うのです……っ」

心配そうに声をかけるカイゼンに、令嬢は慌てて首を横に振る。

よく見てみれば、令嬢の履いている靴のヒールが折れてしまっていて。

ヒールが折れて上手く歩けないのか、とカイゼンは怪我ではないことにほっと安堵した。

「これでは歩くのが辛いだろう……。誰か人を呼ぼうか？　ご両親は？」

「——あ、ありがとうございます。母がメインホールにいるのですが……」

「なるほど、分かった。君のご家族を呼ぶ。家名を伺っても？」

「ハンドレ、ハンドレ伯爵家のリーチェ・ハンドレと申します。母はフリーシア・ハンドレです、騎士様」

「ハンドレ伯爵家か。分かった。それではリーチェ嬢、君の母親を呼びに行かせよう。——ああ、そこの！」

リーチェ・ハンドレ。

カイゼンは名前を知れたことに浮かれ、自分の名前を名乗ることを忘れてしまう。

そして近くを通りかかった自分の師団の部下を呼び付け、リーチェの母親を呼びに行くように伝えた。

部下はカイゼンの命を受け、すぐにメインホールに戻っていく。

その間、カイゼンはリーチェと世間話でもしていようかと思ったのだが、少し強ばった表情で自分に近付いて来る別の部下の姿を見て、すくっと立ち上がった。

「——団長。少しよろしいですか……？」

「何だ……？」

「こちらへ」

カイゼンを誘導するように、少し離れた所に場所を移し、部下と顔を合わせたカイゼンは「何事だ？」と声を潜めて問うた。あの場から自分を離したということは、それ相応の理由があるのだろう。

部下は周囲に聞かれてしまわないよう、声を潜めカイゼンに耳打ちする。

「団長。先ほど、情報が入りました。この茶会に招待された人物が違法薬物の売買を行っているらしいです」

「――何？」

「王族主催の『花の茶会』は参加者が多いため、悪事を働く者が参加しやすいそうです」

「……王都で、王族主催のこの茶会でよくもそんな大胆なことを。……待てよ？」

部下の報告に憤りを感じたカイゼンだったが、そこでふと思い出す。

先ほど廊下の角を曲がり、人気の少ない休憩室の方向に消えた人物。「花の茶会」が開始されてまだ間もない時間に、休憩室に向かう人間など珍しい。

「分かった。少し気になることがあるからこの件は俺が確認する。それと、彼女を頼む。ヒールが折れてしまったせいで、自力で歩くことができない」

「かしこまりました。ご令嬢のご家族が来るまで私が共にいます」

「ああ。頼んだぞ」

こくり、と頷く自分の部下の姿を見たカイゼンは、廊下の先に向かって歩き始める。歩きつつ、カイゼンは先ほど知ったリーチェのことを無意識に考えてしまう。

(リーチェ・ハンドレ嬢。あのハンドレ伯爵家のご令嬢か……)

リーチェの名前を知れたことに高鳴る鼓動を必死に抑え、違和感を覚えた廊下の先へ視線を定めた。思考を切り替え、職務に集中する。

廊下の角を曲がり、早歩きから徐々に速度を上げて駆け出す。

休憩室の扉には、室内に人がいる場合、レース生地があしらわれた「使用中」を示す札がドアノブにかけられる。

廊下を駆けつつ、カイゼンはその札がかかった部屋を探すが、どの休憩室も札がかけられていない。

(……普通に考えれば、まだ開始間もない早い時間帯に、休憩室を利用する貴族はいない。ならば、先ほどこの廊下の角を曲がり、姿を消した人物は一体どこに行った?)

先ほど、部下から聞いた言葉がカイゼンの頭の中を巡る。

違法薬物を売買するような人物が、もし本当にこの宮殿に潜り込んでいるとしたら――。

「……っ、陛下に報告しなければ」

たんっ、と足音を立てて立ち止まる。

足音を立ててしまったことに、カイゼンは内心で舌打ちをしつつ、進んで来た廊下を戻った。

つい先ほどまで廊下の隅にいたリーチェの姿も、自分の部下の姿もなくなっていた。カイゼンが二人はメインホールに戻ったのだろうか、と考え、メインホールの方向に顔を向ける。

以前、湖でリーチェを見掛けた際に、リーチェは母親らしき人物に頬を打たれていた。

その時のことを思い出し、リーチェは大丈夫だろうかと心配になるカイゼンだが、メインホールは人目も多い。

そんな場所で自分の娘の頬を打つことなどしないだろう、と思いつつカイゼンはそのままメインホールに向かう。

メインホールに向かう最中も、廊下でリーチェの姿を見ることはない。

とっくにホールに戻ったのか、と考えたカイゼンはそのままホールに足を踏み入れた。

カイゼンがメインホールに突然姿を現したことで、周囲の貴族達はざわめいた。

令嬢の中には嬉しそうに表情を輝かせる者もいるが、男性貴族などは師団の団長であるカイゼンが姿を現したことに、些かの不安を感じている者もいる。

数多くの視線を浴びつつ、それでもカイゼンは無心に国王がいるであろう場所に向かって歩く。

今回の「花の茶会」は宮殿で開かれているため、開始されたあと、わずかな時間だけ国王夫妻が参加している。

(――いた)

カイゼンは国王がいる壇上に視線を定め、真っすぐ歩いていく。

カツカツと足音を鳴らし、厳しい表情を浮かべているカイゼンに気付いたのだろう。挨拶にやって来ていた貴族と談笑していた国王の表情が引き締まる。

国王は隣にいた王妃に言葉少なに何かを告げたあと、カイゼンに視線を向ける。

「――陛下」

そのタイミングでちょうど壇上にいる国王の側までやって来たカイゼンは、さっと自分の胸に手を当てて片膝をつき、頭を下げる。

「カイゼン、こちらで話を聞こう」

「――はっ」

国王がくい、と顎をしゃくりメインホールの外を示す。

カイゼンは短く返答したあと、国王を追ってメインホールから姿を消した。

突然のカイゼンの登場。

そして、カイゼンを伴いホールから退出した国王に周囲の貴族は戸惑い、ざわざわとざわつくが、王妃が微笑みを浮かべ「花の茶会」の続行を口にした。

落ち着いた様子の王妃に、ざわめいていたホール内の気配も次第に落ち着き、普段通りの雰囲気に戻っていく。

そのメインホールの片隅で。

「申し訳ない、ハンドレ伯爵令嬢。伯爵夫人を探したのだが姿がなく……」

「本当ですか？　お母様、どこに行かれてしまったのか……。ありがとうございます、騎士様。あとはどうにかいたします」

「力になれずすまないな。何かあれば気軽に声をかけてくれ」

母親の姿が見つからず、申し訳なさそうにリーチェに頭を下げる騎士と、不思議そうにしつつ騎士にお礼を告げるリーチェの姿があった。

メインホールを出て、廊下を進む国王とカイゼンは王族専用の控えの間に移動していた。

「――して、血相を変えてどうしたカイゼン？」

「妙な噂を聞きました」

部屋に入るなり、国王がくるりと振り返り怪訝そうに眉を顰めてカイゼンに問う。

「あの形相はいかん……。あれでは近衛が何かあったのかと慌てふためくではないか」

もう少し感情を抑制しろ、と国王に苦言を呈され、カイゼンは申し訳なさそうに謝罪する。

「大変失礼いたしました。なにぶん、嫌な予感がしまして」

カイゼンの「嫌な予感」の言葉に、国王はぴくりと片眉を上げ「話せ」と言葉の続きを促した。

カイゼン・ヴィハーラの予感――直感、というものは馬鹿にできない。

そのことを、身を以て経験している国王はすっと表情を引き締め、カイゼンの言葉を待つ。

「はい。部下からここ最近、違法薬物の売買が王都で行われているという噂を聞きました」

「――なに？　そんな噂は私の耳に届いていないが……」

カイゼンの言葉に、国王は「聞いていないぞ」と驚きを顕にする。

それは、カイゼンも同じだ。だからカイゼンは国王に向かってこくりと頷いて見せた。

「はい。私の元にも報告が上がっていないので、本当に……平民や、下級貴族の間での噂話かと。ですが本日、この『花の茶会』にて違法薬物の売買を行う者が参加している可能性が」

「――はっ。まさか、貴族が率先して禁止薬物を……？　そんな馬鹿な……」

「私もそう思ったのですが……。茶会が開始して間もないというのに、休憩室の方向に消えていく怪しい人影を確認しました。あとを追いましたが、休憩室は使用されている気配もなく、中に人の気配もありませんでした」

カイゼンの言葉を聞いた国王は自分の顎に手を当て、考え込むような素振りを見せる。

「……あの先は立ち入り禁止区域だ。まさか城の人間が関わっているとでもいうのか……？」

「私の考えすぎで済めばよいのですが」

城の人間が手引きをしているのであれば。

薬物の売買以前の問題だ。それ以上の大事に発展する恐れがある。

二人は黙り込み、重い沈黙が室内に満ちた。

「花の茶会」から数日。
カイゼンは国王に報告したあと、国王の命令の下、違法薬物の売買に関して調査を行った。
所詮（しょせん）は噂の域を出ない情報だったのか、そのような事実も、茶会の日に廊下の角を曲がって消えた人物の足取りも、何も掴めなかった。
まるで巧妙に隠されているような、そんな違和感を覚えたが、何一つ手がかりが掴めない状況である。

国王にもそう報告し、一時的に調査は打ち切りとなった。

「……何か、不自然なんだが」

カイゼンは顎に手を当て城の廊下を歩く。

王家主催の茶会が開催されたタイミングで、違法薬物の売買をしている人間がいる、などの噂が出回り、カイゼンを始めとした騎士達は数日間、それらの調査にかかりきりになった。

だが、調査をしても何も出てこず、時間だけが無為に過ぎ去り結局は無駄骨に終わった。

「――目を背けさせたかったのか？」

だが、何から？　とカイゼンは考えるが何も答えは出ない。

最近はこのことばかり考え、思考が堂々巡りをしている気がしてカイゼンは自分の髪をくしゃくしゃと掻き乱した。


そして、また数日後。

カイゼンが私用で街を歩いていると、貴族女性が利用する装飾品店でリーチェの姿を見つけた。

「――っ！」

リーチェの姿を見つけた瞬間、カイゼンは慌てて背中を向け、来た道を戻る。

バクバクと早まる鼓動の音が耳に響き、周囲の喧騒が一気に消失する。

(しまった……気の抜けた服装をして来てしまった……。こんな姿を見られでもしたら恥ずかしい)

カイゼンは自分の服装を見下ろし、慌てる。

騎士服とは違い、本日自分が身に纏っているのは、ダークカラーのシンプルなフロックコートだ。

洒落た装飾品も身に着けず、煌びやかな装いをしているリーチェの視界に入るのは些か恥ずかしい。

(もっと洒落た格好をしていればよかった。それなら彼女の視界に入ったとしても恥ずかしくなかったのに……)

カイゼンはどうにかリーチェに自分の姿が見つかってしまわないよう、周囲に気を付けながら店から遠ざかる。

カイゼンが気にするほど、カイゼンの服装はシンプルすぎでも、地味でもないのだが、気になっている女性の前で恥ずかしい姿を見せたくない、という変な気持ちがカイゼンを奇行に走らせる。

そそくさとカイゼンがその場を離れた、数日後。

同盟国から援軍の要請が届いた。敵対している国が同盟国に進軍している、と報せが入ったのだ。

援軍として出征するのはリーチェの伯爵家当主、テオルクであり、そのテオルクが自分に何かあった時のために、とリーチェの婚約を整えてしまったのだが――。

そのことをまだ知る由もないカイゼンは、自分でも気付いていない初めての恋心に浮かれ、制御できない感情に戸惑いつつも、だがそんな風に感情に振り回されるのがなぜか嫌ではなかった。

ある日のこと。

カイゼンは城内の廊下を歩いていた。騎士の職場である区画を抜けて、呼び出しを受けた執務室へ向かう。

カイゼンを呼び出したのはもちろん国王だ。

そちらの区画に向かい、歩きながらカイゼンは考える。

（援軍は確かハンドレ伯爵と聞いていたが、そもそも今回はなぜ俺の師団に出陣命令が出なか

ったんだ？　まだ国内で調べることが残っていただろうか）

自分の師団の強さは自覚している。

それなのに、今回カイゼンの師団を出さないということは、それだけの戦力を必要としていないか、あるいはカイゼンの師団を国内で使いたいか、のどちらかだろう。

前者であればいいのだが、後者であった場合は面倒なことになりそうだ。と、カイゼンが考えている内に執務室の前に到着し、カイゼンは姿勢を正して、ノックをした。

すぐに入室の許可が下り、扉を開けたカイゼンの視界に入ったのはカイゼンを呼び出した本人である国王と、テオルク・ハンドレ。そしてこの国の宰相の三人。

室内に護衛や侍従がいないことから、他者に聞かれる危険性を排除している、ということを理解して、緊張感に背筋が震えた。

「――ああ。よく来てくれた」

「お待たせしてしまい申し訳ございません、陛下」

一礼したあと、カイゼンが室内に進むとテオルクと宰相二人から視線を向けられ、カイゼンは三人からわずかに離れた場所で停止する。

皆が揃ったところで、宰相がちらりと国王に視線を向け、視線を受けた国王がこくりと頷く。

宰相は改めてテオルクとカイゼンに顔を向けると、口を開いた。

「――二人も知っての通り、我が国に援軍要請が届いた。此度の出征はテオルク・ハンドレ卿に任せたが、カイゼン卿にも出征の準備をしておいて欲しい」

「……!? ――かしこまりました」

宰相の言葉にカイゼンは一瞬驚き、目を見開いたがすぐに了承の言葉を返す。

二軍に分けての援軍か、それともテオルクの軍だけと見せかけて、奇襲を行うのか。

テオルクの軍だけかと思ったところで、カイゼンの軍が援軍として突如現れれば相手方は意表をつかれ、混乱する可能性がある。

その混乱に乗じて一息に相手方を潰すつもりなのか、とカイゼンが考えていると、宰相の言葉が続いた。

「カイゼン卿の師団には、限界まで王都に留まってもらう。……近頃国内を騒がせている違法薬物の件を引き続き調べてくれ。犯人が判明した場合、捕縛には信頼の置けるカイゼン卿の師団で行って欲しい」

真剣な表情と声音で告げられた内容に、カイゼンは自分の耳を疑った。

――信頼の置ける師団。

わざわざ名指しをされたということは、違法薬物に関わる人間がこの国の中枢にまで蔓延っていると、宰相は考えているのだろう。

もし、その考えが杞憂に終わらず、実際に起こっているとしたら。

（――これは本当に、大きな騒動になりそうだな……）

カイゼンは自分の胸に手を当て、命を受けた。


それから。

その場に集まった面々で今回の出征のこと、国内に残るカイゼンが調査をする内容。

それらの段取りを、宰相を中心にして進めていった。

「――もう、こんな時間か……」

ふと執務室の窓の方に視線を向けたテオルクがぽつり、と呟く。

「ああ。そういえば、ハンドレ卿は帰宅後諸々の手続きがあるのか。長い時間拘束してしまってすまないな」

「いえ。とんでもございません。娘の婚約も、もうほとんど整っているので、あとは諸雑務だけです」

宰相とテオルクが何の気なしに言葉を交わしているのを聞いたカイゼンは、小さく「え」と言葉を漏らしてしまう。

国王や宰相、テオルクからどうした？　というような視線を向けられたカイゼンは狼狽えつつ、首を横に振る。

（婚、約……？　ハンドレ卿の娘……が……？）

カイゼンは頭の中が真っ白になってしまう。

（確か、ハンドレ伯爵家には娘が二人……。長女のリーチェ嬢、と妹君がいたはず……。妹君は体が弱い……）

と、いうことは。とカイゼンはうろ、と視線を彷徨わせてしまう。

考えたくないが、カイゼンの耳は自然と三人の男達の会話を聞いてしまう。

「長女は確か今年15だったたな。確かに婚約にはいい頃合いか」

「ならば、無事に戦争から戻らねば」

「ええ。お二方の仰る通りです。リーチェやリリアのためにも無事、戻らねばなりません」

ははは、と和やかに談笑をしている大人三人を横目に、カイゼンはしばし呆然としてしまう。

なんだかこれ以上聞きたくなくて、仕事を言い訳にそそくさとその場を辞した。

カイゼンが執務室を退出する寸前に国王からこの先のことは追って指示をする、と言われたがカイゼンはどのように返事をして、どのように退出したのか覚えていない。

それほど、リーチェの婚約の話が衝撃的で。

そして、その話に自分が大きなショックを受けていることにも驚き、戸惑う。

動揺し、国王の言葉にまともに返事を返せているか記憶が曖昧だ。

それほど、リーチェ・ハンドレという女性に想いを募らせていたことにカイゼンは自分自身、気付いていなかった。

リーチェが「婚約した」という事実を知り、衝撃を受けている自分に、ようやく気持ちを自覚した。

(だが――。だが、リーチェ嬢が婚約したのであれば……)

自分にはもう、どうすることもできない。

婚約者がいる女性に対して、ほとんど面識のない人間が話しかけたりすることもできない。

(そうか……。婚約か……。だが、確かにあれだけ美しい女性だ。今まで婚約が纏まっていなかったことの方が珍しい)

好きだと気付いた途端に失恋か、とカイゼンは苦しげに唇を噛み締めたが自分が好きになった女性の幸せをひっそりと願おう、とカイゼンは辛い気持ちを胸中から追い出し、背筋を伸ばして城の廊下を真っすぐ歩いた。

2章　出征

あれから、あっという間に時間は経った。

テオルクは出征し、カイゼンは国王に指示された通り、国内で違法薬物を売買している人間を、ただただ黙々と調べていた。

現実を直視したくない。その一心で、逃げるように仕事に打ち込む日々を送っていたのだが、今日は「花の茶会」が開催される日だ。

国内で開催される全ての茶会に参加することはできないが、参加者が多い茶会にはカイゼンも調査のために、騎士として警備に当たったり、参加者側として参加していた。

「——……！」

そして、茶会の参加が多くなれば、必然的にリーチェの姿を目にすることも多くなる。

「今日は、参加していたのか」

カイゼンは、婚約者と共に参加しているリーチェの姿を見つけてしまい、仲睦まじい姿で談笑している姿を視界に入れてしまわないよう、すぐその場から離れた。

そして、ある時は街中でリーチェと婚約者が寄り添い、買い物をしている姿を見てしまい、路地に逃げ込むことも多くなった。

見つけたくないのに、リーチェの婚約者である男は度々リーチェを街に連れ出し、二人で楽しげに街を散策している姿を度々目撃してしまっていた。

国内の違法薬物売買の犯人は、巧妙に潜伏しているのか。

それとも高位貴族か何かの後ろ盾があるのかは分からないが、なかなか尻尾を掴めない。

結果を出せないことに鬱屈(うっくつ)した感情を持て余しているカイゼンのもとに、ある日国王から登城の命が下った。

それは、出征したテオルクの軍勢を助けに向かうように、との命令だった。

援軍に向かえ、と国王から命を受けたカイゼンは自分の不甲斐なさに落ち込んでいた。


公爵邸の離れ。

ヴィハーラ公爵邸は、王都にも関わらず広大な敷地面積を持つ。

カイゼンの仕事上、帰宅時間が深夜になってしまうこともあるため、カイゼンは師団長に就任後、公爵家の敷地内に建てられていた手狭な離れで生活をしている。

手狭、とは言え男爵家や子爵家の邸宅程の広さはある。

最低限の使用人もおり、その中でもカイゼンが子供の頃から交流があり、自身の補佐役兼、師団の部下でもある幼馴染のディガリオが、落ち込んでいるカイゼンに声をかけた。

「カイゼン、陛下からの勅命はカイゼンの調査に落ち度があった訳ではない。以前話を聞いた時から援軍に向かってもらう可能性はある、と言っていたんだろ？」

「それは、そうだが……」

俯いていたカイゼンは、前髪の隙間からちらりとディガリオを見やる。

困ったように苦笑しつつ、だが「仕方ないな」とでも言うような表情を浮かべているディガリオの細い目が、彼が長く伸ばした前髪から覗く。

普段は上司と部下。あるいは、騎士爵を持つカイゼンの補佐官として砕けた態度も、言葉使いもしないディガリオだが、こうして離れに戻り、使用人も顔見知りの者しかいない今はただの「気心知れた幼馴染」の関係性に戻る。

「だったら何でそんなに落ち込んでいるんだよ？　王都を出立するのは10日後なんだろ？　早く軍編成をして、待機している師団の騎士達に指示を出さなくては」

「ああ、そうだな。いつ命令が下ってもいいよう、準備はしておいたが。師団の騎士達にも早急に指示しなければ、だな……」

「第一から第三の部隊でいいんだったか？」

「ああ。師団の全部隊を引き連れていくことはできない。国内の別任務をこなす者がいなくなってしまうからな」

「だが……。あれだけ調査しても何も手がかりを掴めなかったんだ。……違法薬物の件はもう出てこないんじゃないか？」

さらり、と言ってのけたディガリオに、カイゼンも薄々そんな気持ちは抱いていた。

これだけ国内を調査して、ほんの小さな手がかり一つすら得られない。

その事実には違和感しか抱けない。

「——ないものを調べようとしても、それは無茶なことか……」

ぽつり、と呟いたカイゼンの言葉にディガリオが反応する。

「やっぱり、カイゼンもそう考えていたか？」

「ディガリオも、か？」

「ああ。だっておかしいだろ、絶対」

「……なら、そんな面倒なことを画策した人間の目的は一体なんだ？」

ありもしない噂を流し、騎士団を。カイゼンの師団を調査のため王都に留め置いた。

そんな面倒なことを選んだ理由は、と考えたカイゼンはぽつりと呟いた。

「やはり、目を逸らさせる目的があったのか？」

本当に重要な事柄から、注意を逸らしたかったのだろうか。

だが、今のこの状況で注意を逸らしたいと言えば、同盟国との共同戦線以外に思い付かない。

だが、目的がそれであるならば。

カイゼンは座っていたソファから勢い良く立ち上がった。嫌な考えが頭に浮かび、顔色を悪くさせたままディガリオに向かって半ば叫ぶように言葉を紡ぐ。

「急ぎ出征するぞ！　10日後などと、悠長なことを言っている場合ではない。なるべく早く伯爵の本軍と合流する！」

テオルクの軍と合流すると決めてから、カイゼンの動きは早かった。
関係各所への伝達や指示はディガリオに任せ、自分は戦場の地理や敵国の情報を頭に叩き込む。
国王から告げられた日にちよりも大分早く準備を終えた師団の一行は馬に跨りまさに今、出立の直前である。
「今回は速度を優先する。途中で着いてこられなくなった者達はあとから合流するように。

「――出るぞ……！」


カイゼンの言葉に騎士達は勇ましい声を上げ、進軍が始まった。

王都を出立するカイゼン達を見送る者は、誰もいない。

この国の英雄とも言われるカイゼンがひっそり王都を発つ。そうしてくれ、とカイゼンに指示をしたのは宰相である。

この王都内にカイゼンら、国王からの信頼厚い騎士達がいない状況をギリギリまで隠したい、というのは宰相の案だ。そうしなければならないほど今の王都は危機に陥っているのだろうか、とカイゼンは背中にヒヤリとした、嫌な気配を覚えた。

まるで得体の知れない者にゆっくりと真綿で首を絞められているような、そんな不気味さを感じる。

カイゼンはなるべく無心で馬を駆け、テオルクの軍と合流することだけに集中した。


――王都を発ち数日。

カイゼンの師団は途中途中休憩を挟みつつ、最速で目的地を目指す。

出立前に確認した地図と、自分達の今現在の場所。頭の中でその場所を照らし合わせ、カイゼンは目的地まではあと2日ほどだな、と当たりを付けた。

行軍中は特に問題もなく、順調に進んでいる。

（順調すぎるな。これも秘密裏に出陣したからか？　普段のように王都から華々しく出陣していたら、何者かの妨害を受けていたかもしれない）

驚くほど穏やかに進軍できていることに、カイゼンは安堵する。

（もし、俺達の合流を阻止したい人間がいるのであれば、途中で奇襲を受け、伏兵に遭っていたかもしれないな）

カイゼンが率いる師団の騎士達は皆、腕は確かだ。だが、万が一奇襲されれば負傷者が出る。そのようなこともなく、安心してテオルクの本軍に合流できそうな現状に、カイゼンは安堵したものの、一抹の不安は残る。

だが、不安がっていても仕方がない。カイゼンは行軍の速度を緩め、後方まで伝わるよう声を上げた。

「少し早いが今日はここで野営する。伯爵の軍と、我が軍との距離を正確に測り、報告するように伝えてくれ」

「分かりました、団長」

カイゼンのすぐ後ろにいたディガリオが返答する。

返答するなり、すぐさま動いたディガリオを見送りつつ、カイゼンは馬から下りた。他の師団員に野営の設営を指示していく。

もう少しでテオルクの軍と合流できる。

合流直前が一番危険だ。注意深く周囲を警戒するよう師団員に告げたカイゼンは早々に自分の天幕に下がった。


2日後。

途中、敵国の伏兵に遭うこともなく、カイゼン達は無事テオルクの本軍と合流した。

その翌日、カイゼンはテオルクの下に向かっていた。

本陣は山深い場所に敷かれていて、標高も高く斜面は土砂崩れでもあったのだろうか、岩肌が露出しており、自然にできた砦のような見た目だ。

本陣も広範囲に展開しておらず、要所に小隊を散りばめており、また同時にその軍が自然の特性を活かし斜面に柵のようなものを量産している。

「――ハンドレ卿」

「……！　ヴィハーラ卿、援軍かたじけない。感謝する」

「いえ、陛下の命ですので。――それよりも」

カイゼンを出迎えたテオルクは、周囲を厳しい表情で見回すカイゼンを見て、何とも言い難い表情を浮かべる。

「ハンドレ卿……。相手は手強いのですか……？」

周囲を見回していたカイゼンは、テオルクに向き直り真っすぐ見つめ、問いかける。

援軍のため、行軍していた時も抱いた疑問。そして、本軍に合流し、情報を集めたカイゼンはその疑問がほとんど確信に変わっていたのだ。

カイゼンに問われたテオルクは苦虫を嚙み潰したような表情を浮かべ、肯定するように一つ頷いた。

「……恥ずかしいことだが、我が軍は散り散りに布陣している敵方の部隊を全て把握し切れていない。そのためにこちらの戦力も分散されている」

「思ったように戦果があげられていないのですね」

カイゼンの言葉にテオルクは神妙な顔で頷く。

（なるほど……いくら少数とはいえ、広く散開している敵の小隊に囲まれてしまえば、多少なりともこちら側に被害は生ずる。……長期戦が狙いか）

長期戦にもつれ込ませ、敵方は何を狙っているのか。

戦が長引けば、両軍に損害は生じる。テオルクの軍を足止めすることに、何の利があるのだろうか、とカイゼンは考えるが敵の考えはまだ分からない。

「ならば、うちの師団が相手方の動きを探りましょう。うちの騎士達は頑丈なのでちょっとやそっとじゃあ揺るぎませんからね」

「だが、援軍だけでも我々は助かっているというのに、そんな危険な真似を……」

「それが我々の役目ですから」

これ以上カイゼンの師団に負担を強いるのは、と言い淀むテオルクにカイゼンははっきりと口にする。慮ってくれるのはありがたいことだが、戦争を長引かせてしまっては元も子もない。

適材適所だ。

テオルクと話し合いを終えたカイゼンは指示を出しに行く、と告げてその場を去った。

カイゼンを見送ったテオルクは自身でこの戦況を打開できず、情けない気持ちでいっぱいになった。

カイゼンが去ったあと、テオルクのもとに、今回援軍として到着したカイゼンの師団員、ヴィハーラ公爵家の軍医がやって来た。

――テオルクがフランツ医師に対する助言を受けた、あの軍医がやって来たのだった。

軍医を招き、しばらく話をしたテオルクの顔色は段々と悪くなり、そして自分の侍従に何かを指示した。

ヴィハーラ公爵家の軍医はテオルクに一礼してからテオルクのもとを去った。

そうしてそれから丸一日が過ぎた。

カイゼンはテオルクと連携しながら自分の師団に指示を出しつつ、ちらりとテオルクを見やる。

「――？」

どうも、テオルクの顔色が悪いような気がする。

(体調でも悪いのか、それとも何かあったのか……？)

カイゼンはそうだ、と考える。

自分自身は王都を出立し、この軍に合流して間もないが、テオルクは出征してからもう半年以上は経過している。

(長期間戦場にいると精神面も疲弊するし、肉体面でも疲れは溜まる。体調を崩す騎士も多いからな……。だが、ハンドレ卿は陛下からの勅命で軍を率いている。前線から退く訳にはいかない)

奇襲を仕掛け、敵方を少しでも揺さぶり、少しでも早くこの戦争を終わらせねば、とカイゼンが考えている最中、思案顔だったテオルクがふとカイゼンに視線を向けて、口を開いた。

「……ヴィハーラ卿。一つ聞きたいことがあるのだが、いいだろうか？」

「ええ、もちろんです。この戦について何か打開策が？」

「いや、すまない。この戦とは一切関係のないことだ。ヴィハーラ公爵家の軍医殿だが……」

「軍医ですか？　——ああ！　彼と何か話しました？　あの人は昔からあちこちの軍にお邪魔するのが癖で。もしかしてご迷惑をおかけしましたか？」

カイゼンが慌てて自分の家の者の失態を謝罪しようとしたが、今度はテオルクが慌てて首を横に振る。

「いや、違う、迷惑など……！　ただ、軍医殿はこの仕事に就いて長いのか？」

「ご迷惑をおかけしていないのでしたら良かったです。確かに、彼は軍医となって長いですね。私が幼い頃には既に軍医として働いていて……。以前は普通に貴族家お抱えの医者として働いていたみたいです」

「なるほど……そうか……。医者として数多くの貴族と関わりがあったのであれば頷ける……。軍医として軍に従軍していれば、騎士からさまざまな話を聞く機会もあるだろう……」

難しい顔つきで何事か呟くテオルクに、カイゼンも真剣な表情を浮かべ、問う。

「——何か、聞いたのですか？」

問われたテオルクは、何とも言えない表情を浮かべ、困ったように笑った。

「いや、今回の戦には関係のない、我が家の医者に関する噂のようなものを、な……」

「ハンドレ伯爵家お抱え医の噂を……？」

「ああ……。いやいやすまない、今回の戦には関係のない話だな、気にしないでくれ」

すまなそうにしながら不自然に話題を変えるテオルクに、カイゼンは腑に落ちないながらも、他家の家のことをこれ以上聞くのは失礼に当たるな、と考えそれ以上深く話を聞くことはしなかった。

それ以降、テオルクは戦の指示を出しつつ「何かを調べている」ことが多くなった。

そして日に日にテオルクの顔色が悪く、辟易とし、憔悴していく様にカイゼンは心配になってしまう。

戦場でのテオルクは今までのように勇ましく、凛としている。テオルクの指示に、騎士達の士気は高い。

だが、一度戦から離れると途端に意気消沈している姿を多々見かけるようになった。

テオルクが出征して1年以上。

カイゼンが援軍として合流してから半年以上の時間が経過した。

変わらない戦況に、のらりくらりと戦いを長引かせる敵軍に、苛立ちが募り始めたある日。

目的が読めない敵軍の不気味さに、カイゼンは段々と苛立ちが募っていた。

「……開戦してから一年以上が経ちます。数度ほど行った奇襲は失敗に終わっていますが、戦況を動かしましょう、ハンドレ卿」

ただただ戦争を長引かせようとしている敵軍の思惑に乗らぬよう、カイゼンは軍議の場で提案する。

「戦争が長期化すれば食料も、資金も消費します。長引けば国民への負担も増してしまいます」

「カイゼン卿の言う通りだな。悪戯に国民が納めてくれた税を食い潰すことになる」

「同盟国の援助に助かっている部分はあれど、どこかで動かないと長期化の末、泥沼化しかねませんからね……」

「――分かった。ならば、カイゼン卿の部隊を中心に仕掛けよう。他よりも大きな犠牲が生じる可能性もあるが、大丈夫か？」

テオルクの言葉に、カイゼンは承知している、というように強く頷いた。

長らく戦場を共にし、カイゼンとテオルクは合流した頃よりも打ち解け、気軽に会話をするような仲になっていた。

合流してしばらくは、わざわざ援軍にやって来たカイゼンの軍にできるだけ被害を出さないよう、とテオルクも考えていたのだろう。

だが、そのような考えでは戦況は膠着する一方だ。

個々の力、突破力に定評のあるカイゼンの部隊を筆頭に今回は敵方の本陣深くに奇襲を仕掛ける、ということで話が纏まった。

以前よりも打ち解け、互いに信頼関係が構築できたからこそ。カイゼン個人の強さを、カイゼンの師団の強さを把握しているからこそ大胆な作戦を立てることができた。

だが、もしかしたら相手方もそれを待っていたのかもしれない。

力を持つカイゼンの部隊が、テオルクの側から離れる時を。カイゼンがテオルクの側を離れる時を。すぐに戻って来ることができない場所までカイゼンの軍が離れる時を、虎視眈々と狙っていたのか――。

敵国は逆に、テオルクの本陣を急襲する計画を立てていた。


――奇襲作戦前夜。

カイゼンは師団員達に指示を出しつつ、敵本陣の情報を集めていた。

同盟国から受け取った付近の地図を眺めながら、ふと違和感を覚えたカイゼンはディガリオを呼び寄せる。

「……ディガリオ」

「何ですか団長」

カイゼンに声をかけられたディガリオは、明日の出陣に備え武具の確認や調整をしていたが、その手を止めてカイゼンに顔を向ける。

手招きするカイゼンに、不思議そうな顔をしてやって来たディガリオは、カイゼンが広げた周辺地図を覗き込む。そしてカイゼンが地図の一カ所を指差した。

「――この地域の詳細は聞いているか？　確かハンドレ卿はこの場所は地盤が脆く大勢が行き交うには適していないと言っていたが……」

「詳細は私も聞いておりません。団長が説明を受けた通り、私もその地域の情報はそれくらいしか知りません。この地域がどうしましたか？　確か、同盟国もこの地は危険だ、と言っていましたが……」

「地の利がある同盟国がそう言うのであれば、この情報は確かなのだろう……」

「何がそれほど気になるので……？」

ディガリオは怪訝そうにカイゼンを見つめる。

見つめられる中、カイゼンは地図に記されているその場所を指先でなぞりつつ、考え込む。

（なぜ、この場所だけ地盤が脆いんだ……？　周辺一帯は問題などなく、硬い地層だというのに、この一カ所だけ……。しかも地盤が脆いというだけでその場所の調査すらしていない……）

なぜ、脆いのか。

（確かこの国は火山の噴火が多く、流れ出た溶岩が冷めて固まり、硬い地盤になった箇所が数多くあると言っていたな……。そうであれば、この周辺も溶岩が冷めたあとで固まり、硬い地盤が広範囲に広がっているはずなのに。どうしてもそこが引っかかる）

地盤が脆く、危険な場所だと言う割にはあまりにも素通りしすぎじゃないか、と感じる。

そこまで考えたカイゼンは、顔を上げてディガリオに向かって口を開いた。

「――同盟国のアジュラ卿を呼んで来てくれ」

「分かりました」

一礼して去っていくディガリオの背を見送ったあと、カイゼンは再び地図に視線を落とした。

ディガリオが同盟国のアジュラを連れ、カイゼンのもとに戻って来たのはそれから少しあとだった。

「カイゼン卿、何か聞きたいことがあると？」

「――ああ、アジュラ卿。呼び立ててしまってすまない」

カイゼンより幾つか年上の、同盟国の騎士であるアジュラは燃えるような赤髪の青年だ。

カイゼンと同じく、同盟国の爵位のある家の三男で、騎士として能力が高く、此度の戦争に参加している。

背の高い方であるカイゼンよりも、アジュラは更に背が高く、厳しい。

カイゼンがこの軍勢に合流してから、年も近い彼と何度も顔を合わせているうちに打ち解け、テオルクよりも気軽に話すことができる相手だ。

座ってくれ、とカイゼンに促されたアジュラは素直に頷き、椅子に腰を下ろす。

「テオルク・ハンドレ卿とカイゼン卿のお陰で我が国は助かっている。質問には何でも答えよう。……国家機密に関しては無理だが」

冗談めかして告げるアジュラに、カイゼンも口端を上げて笑う。

「ありがたい。そちらの国家機密を教えろ、なんてことは言わないさ」

アジュラの正面にカイゼンも腰を下ろし、早速(さっそく)本題に入った。

「……この地図を見てくれ。アジュラ卿にいただいた地図だが、この部分だ」

「——？　ああ、地盤が脆い場所だな。この場所は避けて通った方がいい。過去、地盤沈下により事故が起きている」

「なるほど、事故が……？　それはどれくらい前だ？」

「私が騎士になってからだから……5年も経っていないだろう」

「それ以降、この部分の調査はしていないのか？」

「ああ。調査隊を送ったこともあるが、事故が多発してな。少人数であれば大丈夫だが、大人数が通過するとなると、再び事故が起きる可能性がある。だからこそ、今回戦地となった時は不運だと思ったのだ」

この場所に気を付けつつ、軍に指示を出さなくてはならなかったからな、と忌々しそうにアジュラが言葉を紡ぐ。

「……この場所をどうにかする前に、敵国が動き出したのか……？」

カイゼンの言葉に、地図を見ていたアジュラが驚いたようにカイゼンに視線を向けた。

「良く分かったな、そうだ。現地調査ののち、地盤沈下の範囲を確定し、国で対処しようとしていたのだが……」

まったく、とぶつぶつ言葉を漏らすアジュラに、カイゼンはひやりとしたものが背中を伝う。

「なるほど。明日、我々がこのまま敵陣に奇襲を仕掛けたら、敵国はこの場所を利用して最短距離で本陣に到達する可能性がある。……俺ならば、そうする」

カイゼンの言葉に、アジュラが勢いよく立ち上がる。

立ち上がった拍子に、椅子が派手な音を立ててアジュラの背後に倒れたが、アジュラは真っ青な顔で地図を凝視し、唇を震わせた。

「――っ、まさか……！　大勢の人間が通ることのできない場所だぞ……⁉　小部隊を送ろうにも、地面が崩れる可能性の方が高い！　そんな無茶な作戦を立てないだろう⁉」

「何も上を通るとは限らないだろ？　この場所だけ、なぜ地盤が脆いんだ……？　地下に通路でも築いていたんじゃないか？　この戦争のために」

カイゼンの言葉に、アジュラは言葉を失ってしまう。

呆然とし、口をぱくぱくとさせていたアジュラはハッとし、こうしてはいられない、と慌てて自分の陣地に駆け戻った。

恐らく、自国の自分の上役に今の話を伝えに行ったのだろう。

カイゼンの話は想像・予想にすぎない。何の裏付けもない話ではあるが、カイゼンが描いた地下通路の存在を現実味がない、と一蹴(いっしゅう)することはできない。

もし「本当に」そのような通路が存在していたら。

長い時間をかけ、地下通路のような物を築き、今回の戦に備えていたのであれば。

「――俺達はその危険地帯にのこのことやって来てしまっている、ということだからな……」

「……？　団長、何か言いましたか？」

ぽつり、と呟いたカイゼンの声に反応したディガリオが顔を向けてくるが、カイゼンはゆるゆると首を横に振った。

今はまだ、不確かなことをディガリオに告げて、悪戯に不安を煽るような真似はしたくない。

（……明日、俺達がこのまま敵陣に向かっていたら、ハンドレ卿が奇襲を受けていたかもしれん。いや……あえて炙り出すか？）

予定通り、敵本陣に奇襲すると見せかけて身を隠し、テオルクの下にやってきた敵の部隊を殲滅できれば、敵方兵力を削ぐことができる。

（そう、するか……？　戦の決着も早まるし、ハンドレ卿に伝えておいた方がいいか……。いや、だが、そうするとハンドレ卿の様子で潜伏していることが相手に察知される恐れがある。ちょっとした視線の動きや行動で、こちらの潜伏が見破られては元も子もない。万が一、の可能性も排除しなければ）

そう考えたカイゼンは、明日の準備をしているディガリオに向かって声をかけた。

「ディガリオ。明日はハンドレ卿の側にいてくれ。敵本陣には俺が行く。何かあるかもしれん、ハンドレ卿の身を守ってくれ」

「――承知しました」

カイゼンの指示を正しく理解したディガリオは、胸に手を当て真剣な表情で頷いた。

翌日。

まだ日も昇らない薄暗い中、カイゼンは精鋭だけを集めた小隊を率い、陣を発った。

夜中のうちにテオルクと面会し、カイゼンが発つ時間と、護衛としてディガリオを側に置いていくことだけを、告げた。

カイゼンの右腕とも言えるディガリオを、自分の側に置いていく、ということにテオルクは驚いていたが、それ相応の理由があるのだろうと悟り、頷いた。そしてカイゼンの無事を願ってくれた。

陣を出てしばらく。馬を走らせていたカイゼンは、側面に深い森が広がっているのを確認し、突然方向を変えた。

「――例の森だ。潜むぞ……！」

カイゼンの言葉に精鋭達は一糸乱れぬ様子で頷き、カイゼンのあとに続く。

森に侵入し、下馬した。

これだけ深く侵入すれば、潜んでいるカイゼン達の姿は外から見えないだろう。

この場所からは、昨日アジュラが説明してくれた地盤が脆い地帯が見渡せる。

ところどころ、確かに地盤沈下している場所が見て取れる。そしてやはり違和感を覚えたカイゼンは「やっぱりな」と胸中で独りごちる。

（実際、自分の目で観察して分かった。違和感を覚える部分が複数ある。この場所を調査していれば、もしかしたら地下通路の存在に気付いていたかもしれん）

この場所に来て、予感が確信に変わった。

間違いなくあの場所には、人工的に造られた地下通路がある。

裏付けもなく、なぜだ、と言われてもカイゼンは上手く説明はできないだろう。

だが、度々戦に参加していた自分の直感が、感覚が、あの場所には何かがあると言っている。

カイゼンは率いてきた精鋭達に「今日でほとんど片を付けてしまうぞ」と声をかけた。


ゆっくり、ゆっくり周囲が明るくなり始める。

日が昇り始めたのだ。

きっと今頃、本陣からカイゼンの姿が消えたことに、敵国は気付いているはずである。

動き出すのはもう少しあとか。それとも既にある程度の兵力をあの場所に潜ませているのか。

カイゼンを筆頭に、小隊はじっとその時を待つ。

気配を殺し、森の中で数時間。

潜み続けてどれだけ時間が経過しただろうか。

潜んでいたカイゼンが人の動く気配を感じ取り、地盤沈下の地帯に顔を向けた。

地上には誰一人として姿が見えない。

だが、大勢の気配を確かにあの場所から感じる。

カイゼンは精鋭達に合図を送り、自らも森の中を素早く移動し始める。

精鋭達を２つに分け、別働隊はあの場所を崩落させるために。

そして、もう一方のカイゼンが率いる別働隊は、あの場所から崩落に巻き込まれず出てきた敵を急襲するために。

あの場所から発見されない、死角からカイゼン達の別働隊は馬に跨り、駆け出た。


――音もなく、カイゼン率いる別働隊が突然目の前に現れ、敵国の奇襲部隊は混乱に陥った。

混乱し、指揮系統が麻痺しているほんのわずかな隙をついて、カイゼン達とは別に行動していたもう一方の別働隊が地盤沈下地帯に手投手榴弾を投げ込む。

味方が被害を負わないよう、大規模爆発を起こさない程度に火薬の量を調整したものだ。

誰かが「やめろ！」と叫んだ気がした。

だが、次の瞬間閃光が辺りを明るく照らし、そして地面が崩れ落ちる大きな音がその場に響く。叫び声は、地面に落ちた手榴弾が爆発し、地面が崩落する轟音に紛れて掻き消えた。

崩れ落ちる音に混ざり、地面の下からは人間の叫び声や悲鳴が数多く聞こえてくる。

カイゼンが睨んだ通り、やはり地下通路が築かれていたのだろう。

「敵が混乱しているうちに殲滅、もしくは無力化するぞ」

カイゼンの言葉に、精鋭達は勇ましく応える。抜き放った長剣を構え馬の横腹を蹴った。

「――っ、今の音は⁉」

日が昇り、辺りが明るくなってきた頃。

テオルクは自陣から離れた場所で上がる、何かが崩落するような大きな音と、争い合う人々の声にがたり、と勢い良く立ち上がった。

テオルクが立ち上がった拍子に木製の椅子が倒れ、派手な音を立てるが音の聞こえる方向をじっと見つめ続ける。

「――恐らく、敵方の奇襲攻撃を防いだかと……」

「……カイゼン卿が言っていたことは、杞憂（きゆう）で済まなかったか……」

「ええ。この場所は危険ですからハンドレ卿も後退の準備を。討ち漏らしがないとも言い切れません」

「だが、我々が後退してしまえばカイゼン卿の部隊が孤立してしまうだろう。奇襲を受けた敵方が後方で集結してカイゼン卿の部隊を挟撃する可能性がある。我々がここから動くことは得策ではない」

カイゼンの右腕であるディガリオの進言に、テオルクは首を横に振る。

テオルクの言葉も尤もだ。

今、この場所からテオルクの軍勢が後退してしまえば、彼が言った通りカイゼンの部隊が孤立し、討たれる可能性がある。

挟撃されてしまえば、いくらあのカイゼンでも無事では済まない。

頑なにこの場から動かないと言うテオルクに、ディガリオはどうしようか、と困ったように眉を下げた。

確かにカイゼンは無敵ではないが、彼自身の強さは確かだ。それに今回は精鋭達を率いて戦っている。

多少の怪我はするかもしれないが、命に関わることはないはずだ。

(戦に絶対はないけれど……。カイゼンの強さは、一番近くで見てきた俺が一番分かっている……。それよりも、ハンドレ卿を安全地帯まで連れていきたいのだが——)

自陣を後退させ、部隊編成を行いカイゼンの部隊に合流して敵方を逆に殲滅する。

カイゼンの部隊だけでもそれはやってのけそうだが、こちらからカイゼンの部隊の補佐に小隊をいくつか出せば、それで十分なはず。それに決着も早まる。

「ハンドレ卿、我々は団長の支援に向かうため――」

ディガリオがテオルクに向かって話し始めた時。

「支援部隊、いや、増援はうちの国の騎士を既に送ったぞ。問題ないだろ？」

ディガリオが最後まで言葉を紡ぐ前に、テオルク達の滞在する天幕の入り口を潜り、ドカドカ足音荒く入室して来た、同盟国のアジュラがそう告げた。

「アジュラ卿!?」

突然姿を現したアジュラと、アジュラが口にした言葉にテオルクは目を見開き驚く。

ディガリオも、まさか同盟国が援軍を送ってくれるとは思わなかったため、驚き口をぽかんと開けてしまう。

「我々の軍勢がそちらの足を引っ張っていたからな。それに今回の地下通路のことを見抜いたのはカイゼン・ヴィハーラ卿だ。自国の土地なのに、我々はあの場所をただの地盤が脆い危険地帯だと思い込んでいた。……彼の進言がなければ、甚大な損害を被るところで、恥ずべき失態だ。……これくらいしかできないが、礼をさせてくれ」

申し訳なさそうに、体たらくを恥じ入るようにアジュラが深々と頭を下げる。

そして、アジュラが頭を下げたその背後。

先ほどまで響いていた、人々が争う声も、崩落の大きな音も止み、辺りはしんと静まり返っている。

「……突然静かになりすぎじゃないか？　カイゼン卿は大丈夫だろうか？」

カイゼンの身を案じるテオルクにディガリオは大丈夫、というように笑みを浮かべて答えた。

「団長なら大丈夫ですよ。きっと今頃は自分の師団の状況を確認して、敵方の損害を調べている頃じゃないですかね……」

カイゼンが出立前、ディガリオはカイゼンから全て話を聞いていた。

テオルクから離れた際に、敵方から奇襲される恐れも、万が一カイゼンの部隊が孤立しても本陣を下げろ、という命令は出ていた。適宜、状況判断の上で部隊を動かせ、と告げられていたが、ディガリオはほっと胸を撫で下ろした。

（万が一の場合もあるから、と俺がハンドレ卿の護衛に回ったが……大丈夫だったようだ）

杞憂に終わって良かった、とディガリオが考えていると、テオルク達のいる自陣に馬の足音が近付いて来る。

その振動と、足音からやって来ているのは数騎だろう。そう当たりを付けたテオルク達は、顔を見合わせたあと、天幕の入り口に近寄り布の隙間から外を確認する。

天幕の中が一瞬だけ緊張感に包まれたが、近付いて来る人物の姿が見えるようになり、テオルクは入り口の布をばさりと払い外に出た。

「――カイゼン卿！」

馬上のカイゼンが見えるなり、テオルクは安堵した表情を浮かべ、カイゼンに向かって声をかける。

テオルクの声が聞こえたのだろう。

近付いて来るカイゼンの口端がゆるりと持ち上がり、片手を上げてテオルク達に無事を知らせた。

見たところ、大きな怪我もしておらず、近付いて来るカイゼンをテオルク達は出迎えた。

「カイゼン卿、無事で良かった」

「ご心配をおかけしてしまい申し訳ない、ハンドレ卿」

「まったく。先ほど、ディガリオ殿から話を聞いた時は自分の耳を疑ったぞ？　まさかこんな無茶をするとは……」

馬上から下り、目の前に立つカイゼンにテオルクは責めるように言葉を口にする。

「もしカイゼン卿の身に何かあれば、私は陛下にどう申し開きをすればいいか……相当悩んでしまった」

「はは、すみません。こちらの動きが敵方に知られるかも、と思いすぐに動く必要があったのです。無事やり切れる自信もあったので、ディガリオに報告させませました」

すみません、と謝るカイゼンに、テオルクは何も言えなくなってしまう。

確かにカイゼンの言う通り、カイゼンが地形の不自然さと敵国の思惑に気付かなければ窮地に陥っていたのはこちら側だ。

感謝こそすれ、咎めることはできない。

そこでテオルクは数騎で戻って来たカイゼンに視線を戻し、「それで」と言葉を紡ぐ。

「何かあったのか……？　まだあちらに騎士の多くを残しているのだろう？」

「――そうでした。ハンドレ卿にぜひ来ていただきたいと思い、迎えにやって来たのです」

「私を……？」

不思議そうに首を傾げるテオルクに、カイゼンはこくりと頷く。そして同盟国の騎士であるアジュラにも一緒に来るように促した。


十分、周囲に警戒しつつ馬を走らせる。

テオルク達はカイゼンを先頭に、速やかに戦闘が起きていた地帯に移動していた。

テオルクは敵方の攻撃を心配していたが、カイゼンはその危険性はない、とどこか確信めいたことを口にしていて。

この先には一体何が待っているのだろうか、とテオルクはまったく予想できない。

「速度を緩めてください。もう、すぐそこですから」

前方を走っていたカイゼンが後方に向かって声を張り上げる。

カイゼンの声に応え、テオルク達が馬を駆る速度を緩めると、視線の先にカイゼンの師団の面々と、そして拘束された人影が見える。

「――？　あれは！」

拘束され、地面に跪いている人影が、次第にはっきりと見えてきて。

その人物達の顔を見たテオルクは、驚愕に目を見開いた。

「私の記憶違いでなければ、あの四人は敵方の指揮系統を担っている家門の人間ですよね？まさかこの場に全員がいるとは思わなかったのですが……」

「――っ、そうだ。カイゼン卿の言う通り、あの四人は敵国の指揮官達だ。重要な役割を担う者達だが……その者達が全員ここに？」

驚き、声が上擦ってしまうテオルクにカイゼンは答える。

「……それだけ、敵国も今回の奇襲に力を入れていたみたいですね。確実に本陣を、ハンドレ卿を亡き者にするつもりだったようです」

「見てください」とカイゼンに促され、彼が示す方向にテオルク達は顔を向ける。

すると、カイゼン達が地下通路を崩落させた部分はかなり広範囲に広がっているらしく。

地面が崩れ、その崩れた部分から地下通路の姿がちらりと覗いている。

テオルク達と同じようにカイゼンも崩落した方向をじっと見つめながら、言葉を続けた。

「……軍略的に構築した地下通路は、我々が考えるよりもかなり広い範囲に広がっていました。中心部分を押さえたため、ほぼ安全ですが……敵国はこの地下通路を利用して兵を送り込んでいたようです」

そして、敵国の要(かなめ)である地下通路を潰したこと。

敵国の重要な指揮官達を捕らえたこと。

このことから、長引いていた戦争は至極あっさりと終わりを迎えようとしていた。

カイゼン達同盟国と、敵国の戦争は思っていたほど拗れることもなく、あっさりと終結した。

やはり、この戦争を長引かせることを第一の目的としていたらしく、今回カイゼンの師団がテオルクのいる本陣から離れる情報を得た敵国が欲を出し、本陣の兵力を、そしてそれと同時にテオルクを屠(ほふ)ろうと考えたようだった。

だが、その欲が結局は身を滅ぼす結果となった。

戦後処理を行う傍(かたわ)ら、カイゼンやテオルク、そして同盟国のアジュラは敵国が築いた広大な地下通路を細部まで調査した。

日数をかけて調査し、捕らえた敵国の指揮官に尋問をした結果、地下通路の全長は数キロに及ぶことが判明し、これだけ巨大な地下通路——もはや地下要塞を作り出していた敵国にテオルクやアジュラは言葉を失っていた。

だが、カイゼンだけはそのことを予想していた。

数キロにも及ぶ地下通路が築かれていることを知った時は「やっぱり」と、腑に落ちた。

戦後処理、戦争が終わったあとはやらなければならないことが山ほどある。

そのため、戦争が終わったあともこうして現地に残っている面々だが、カイゼンは自分の天幕で一人、考え込んでいた。

(……あの地下通路。今回の戦のために造られたものではないな。実戦で効率的に活用できるかどうか、試作段階だ。だが、試作段階だと言うのであればどこを本番として見据えていたのか、疑問が残る。今回、敵国はこの戦争の長期化を狙っていた……ハンドレ卿の命は、俺が彼の側を離れたからその隙を突いてやろうと考えただけだろう……最初から狙っていた訳ではない……)

では、この違和感は一体何だ？　とカイゼンは考え続ける。

(戦争の長期化によって敵国はどんな得をする？　長引けば敵国の兵も疲弊し、兵糧も消費される。ハンドレ卿や俺を、長くこの地に留まらせたかった？)

そこでカイゼンは、この戦争に出征する前に宰相が零していた言葉を思い出す。

(あの違法薬物の件もそうだ。長期間調査したにも関わらず、何も出てこなかった。そしてあの「花の茶会」の際に見た人影……。宮殿内で姿を消した人物。何だかいやに繋がっているような気がする……)

あの違法薬物の一件も、そして今回のこの戦争に関しても。

得体の知れない何かに、上手いこと手のひらの上で転がされているような不快感を覚える。

カイゼンは寝転がっていた簡素な寝具からがばり、と起き上がる。

「――早く王都に戻らないといけない気がするな」

カイゼンが結論を出した、ちょうどその日。

幸か不幸か、王都から一通の手紙がテオルクのもとに届いた。


翌日の、早朝。

「カイゼン卿、少し良いだろうか？」

「――ハンドレ卿？　もちろんです、何かありましたか？」

戦争が落ち着いたあと、戦後処理を行う傍らカイゼンは変わらず剣の稽古を行っていた。

一頻り鍛錬が終わり、汗を拭っている時にやって来たテオルクに話しかけられて、カイゼンはくるりと振り向く。

朝早い時間だというのにテオルクはかっちりと軍服を気込み、硬い表情でカイゼンに向かって歩いて来る。

（ハンドレ卿に、昨日考えていたことを話したかったし……ちょうどいいタイミングだったが……。ハンドレ卿の表情が、何か。何かあったのか？）

顔色が悪く見えるテオルクに、カイゼンは何か大変なことでもあったのか、と若干心配になる。

カイゼンが不思議そうにしていると、気まずそうにテオルクが話し出した。

「——その。急で悪いんだが、早急に処理を終えて、王都に戻りたいと思っている」

「……！　奇遇ですね。私も急ぎ王都に戻りたい、と考えていました」

「本当か？　それならば良かった。どうしても急いで邸に戻る必要ができてしまったんだ」

申し訳なさそうに言葉を紡ぐテオルクに、カイゼンはぴくりと反応する。

(邸に戻る必要、が？　ハンドレ卿がこれほど動揺する何かがあったのか？)

カイゼンが不思議に思い、そう考えているとテオルクがぽつりと呟いた。

「——良かった、助かった。なぜ、突然婚約破棄を……」

「えっ？」

テオルクの口から婚約破棄、という言葉が聞こえたカイゼンは、勢い良くテオルクに顔を向けてしまう。

そして、その拍子にカイゼンが肩にかけていた厚手の布が地面に落ちた。

布を落としてしまったというのに、それにすら気付いていない様子で、呆然としているカイゼンにテオルクは「布が」と声をかける。

だが、カイゼンは先ほどテオルクが告げた「婚約破棄」という言葉で頭の中がいっぱいになっていて、テオルクの言葉など耳に届かない。

「カイゼン卿？　どうした、大丈夫か？」

普段の、騎士として堂々とした佇まいからは想像もできないほど、傍目からでもカイゼンが衝撃を受けているように見える。

そんな状態のカイゼンを見たことがなかったテオルクは、大丈夫だろうか、とカイゼンに近寄り肩に手を置いた。

「──婚約破棄、とは……。ハンドレ卿のご息女がなぜ……」

「え……？　ああ、すまない。口にしてしまっていたか。少し確認しなければならないことができたんだ。早めに邸に戻らなくてはいけなくなっただけだ、気にしないでくれ──」

テオルクの言葉に、なぜかカイゼンは戸惑い、衝撃を受け続けている。

間近で会話をしているテオルクはカイゼンの顔を、瞳を見てハッと目を見開いた。

──動揺。

──戸惑い。

──そしてほんの微かな期待。

期待のような感情は、一瞬だけカイゼンの瞳に浮かんだが、それも瞬きをした次の瞬間には消え去ってしまう。

気のせい、と思えばそれで済むくらいの、ほんのわずかな感情の揺れ。

だがテオルクは自分の娘――とりわけ、リーチェに関することにだけはとても敏感だ。

だからこそテオルクはじっとカイゼンを観察するように見つめた。

「……カイゼン卿は、娘のリーチェと面識があったかな……？」

なぜ、リーチェの話題にカイゼンが反応したのか。

テオルクはリーチェをよく思わない貴族達の反応を知っている。

変な噂を信じ込み、リーチェのことをそんな人間なのだと思い込むような貴族達を知っている。

だから、いくらカイゼンといえども、下らない噂を信じ込み、リーチェをそのような目で見るような人であれば近付かせることも、接点を持たせることもしたくない。

だからこそ、テオルクは厳しい視線をカイゼンに向けていたのだが。

「――そのっ、ご息女のことは私が、一方的に知っているだけで……っ」

「リーチェを……？」

テオルクがリーチェの名を出した瞬間、カイゼンがピクッと反応した。

そして、髪の毛の間から覗く耳がわずかに赤くなっていることに気付いたテオルクは、驚きに目を見開く。

（――そうか……師団長を務め、騎士としての側面しか見ていなかったが、カイゼン卿はまだ19歳の青年だったな。失念していた……）

ちらり、とカイゼンに視線を向けたテオルクは、何だかムズ痒い気持ちになってしまう。

だが。

「そうか。リーチェのことを知っていたのだな。リーチェに関することで、少し急ぎの用事が入ったんだ。大事な娘のことだ、申し訳ないが早急に戻らせてもらう」

「――それは、もちろん！　ご家族のことですから、急がれるのは当然のことです」

こくりと頷き、同意してくれるカイゼンにテオルクは緩く笑みを浮かべてお礼を告げた。

テオルクが足早に戻っていく後ろ姿を、見つめる。

先ほどテオルクが口にしていた言葉が頭の中から離れない。

「――約、破棄？　婚約破棄、と確かに口にしていた……。リーチェ・ハンドレ嬢が、なぜ」

何か、大変なことが起きているのかもしれない。

「……この戦争の最中も、ハンドレ卿は外部と連絡を取り合っていたようだったし、今回の件と関係しているのだろうか？」

テオルクが調べていたのは今回の一件とは関係のない、専属医師のフランツに関してなのだが、そのことを知らないカイゼンはリーチェに何かあったのでは、と心配が募っていく。

婚約破棄とは、大変な出来事だ。

婚約には家同士、深い関わりや事情、契約が発生する。

それにも関わらず、その契約を破棄せざるを得ない状況に陥っている。

「確かにここで二の足を踏んでいる場合ではない。ハンドレ卿は一刻も早く王都に戻りたいだろう」

ならば最大限、彼の手助けをしなければ。そう考えたカイゼンは、そこでやっと落とした布を慌てて拾い、自らも自分の天幕へ足早に戻っていった。


帰還の準備を進めるテオルクとカイゼンのもとに、同盟国騎士のアジュラがやって来た。

「お二人とも、急ぎ王都に戻ると聞いた。本当か？」

慌てた様子でやって来たアジュラに、カイゼンはこくりと頷いて、テオルクは「申し訳ない」と言葉を紡ぐ。

「本来であれば我々も最後まで残り、処理をしていかねばならんのだが……後処理は他の人間を置いて行く」

「――そう、か。承知した、此度の戦はそちらの助けがなければ、我が国はもっと被害を出していただろう。ご助力、感謝する。しっかり陛下に報告をさせていただくので安心してくれ。

後日改めて我が国から正式に礼をさせていただこう」

「困った時はお互い様だ、と我が国の陛下が言っていたからな。次はうちの国が窮地に陥った際は、助けてもらうさ」

「……！　任せておけ。その際はいの一番に私が駆け付けよう」

テオルクとアジュラは、お互い笑顔で会話をしている。

カイゼンが合流する前から二人は長い間、戦地で共に戦っていたのだ。

気心知れた仲になっているのだろう。

そして帰還準備をしている周囲の様子を眺めながら、アジュラがぽつりと言葉を零した。

「そういえば、ハンドレ卿。我が国にフランツ医師と同じような容姿の人間はいなかったぞ。国境を越えた形跡もない。その人間はこちらの国には足を踏み入れていないようだ」

「――！　そうか。協力、感謝する」

フランツ医師。

カイゼンはその医師の名前に聞き覚えがあり、ふとテオルクがいる方向に振り向いた。

（フランツ？　確か、以前公爵家の軍医が口にしていた名前だ。だが、ハンドレ卿がなぜ？）

カイゼンがフランツの名前に反応したことに気付いたのだろう。

テオルクはカイゼンにちらり、と視線を向けたあとアジュラと短く言葉を交わし、二人は別れた。

そしてアジュラと離れたテオルクが、カイゼンに向かって歩いて来る。

「――カイゼン卿、フランツという名前に聞き覚えが……？」

「ええ、そうですね……」

カイゼンは少々ばつが悪そうに言葉尻を濁してしまう。

以前、軍医から聞いたことがある。

医者の中には、医師という身分を利用してさまざまな貴族の家と懇意になり、その家の者と不埒な関係になる者もいる、と。

「――軍医から、医者の中には不埒な真似をする者もいるから、気を付けろと助言をもらったことがある程度です」

「……そうか」

「……ええ」

軍医はきっと、近い未来カイゼンも婚約し、家庭を築くだろうことを見越して、そのような助言をしたのだろう。

医者だからといって、簡単に信用するな、ということを話して聞かせてくれた。

カイゼンが幼い頃から面識のある軍医だ。

軍医には戦地で世話になったことも多々あるし、子供の頃には可愛がってもらった記憶もある。

カイゼンは騎士としての職務上、邸を長く空ける期間もあるだろう。

だからきっと、ちょっとした親切心で教えてくれたのだ。

実際、公爵家の軍医もその気持ちでカイゼンに助言をしているのだが、その医師フランツが、ハンドレ伯爵家お抱えの医師だとは当時知らなかった。

テオルクは何ともいえない難しい表情を浮かべつつ、言葉を零した――。

「――そのフランツという医者は……我が家のお抱え医師なんだ」

「……っ⁉」

テオルクの言葉を聞いて、カイゼンは驚きに目を見開く。

軍医から聞いていた、不埒な真似をする医者が、ハンドレ伯爵家のお抱え医師。

そのことを知ったカイゼンは、顔色を悪くさせた。

「まっ、まさかご息女がその医師の魔の手にかかったのですか⁉」

まるで世界の終わりだとでもいうような、絶望しきったカイゼンの様子に、テオルクは戸惑った。

「――え？」

戸惑い、言葉を返さないテオルクの様子を見て、カイゼンはますます勘違いを加速させていく。

真っ青な顔で、どこからどう見ても常とは違う様子のカイゼンは勘違いを重ね、テオルクから顔を逸らし呟く。

「だから……っ、だから婚約破棄などという事態に……。くそっ、そんな医師がハンドレ伯爵家の専属医だと知っていれば！」

「――いや、ちょっと待ってくれカイゼン卿。リーチェの婚約破棄と、フランツ医師は関係ない」

ぶつぶつと呟くカイゼンにテオルクは近付き、肩に手を置きながらそう告げてやる。

すると、テオルクの言葉を聞いたカイゼンが勢い良く振り向いた。

「……先日から違和感を覚えていたが、カイゼン卿はまさか、娘を……？」

「――……っ」

訝しげに見つめながら言葉を紡ぐテオルクに、カイゼンは否定することができず、かといって、婚約者がいるリーチェに想いを寄せている、などと肯定できるはずもない。

カイゼンが言葉に詰まっていると、テオルクは納得したように何度か頷いた。

そして自分の顎に手を当て、思案顔でカイゼンを見つめる。

「ハ、ハンドレ卿……？」

じっと見つめられる居心地の悪さにカイゼンが身動ぎすると、テオルクはいい笑顔で「話をしよう」と告げ、カイゼンを自分の天幕に引っ張っていったのだった。

「——……ゼン、様！　カイゼン様？」

「——へっ⁉」

自分の名前を呼ばれ、カイゼンは飛び起きる。

先ほどまで自分は戦地でテオルクと話していたのに、どうして寝てしまっているんだ？　と考えたところで、目の前にいる人物を見て、ふにゃり、と相好を崩した。

「すまない、リーチェ嬢……。寝てしまったみたいだな……」

「もう……。びっくりしましたよ、カイゼン様。カイゼン様がいらっしゃったと聞いて応接室に来たら、ソファに横たわっていて……。お体の調子が悪いのかと思って焦りました」

疲れているのであれば無理をして来ないでください、と少しだけ怒ったような表情を浮かべているリーチェに、カイゼンはぼうっとしたまま怒っていても愛らしいな、などと考える。

そういえば、今日は出征中の資料を確認していたのだった。

だから、その時のことを思い出して夢に見てしまったのだろう、とカイゼンは目の前にいるリーチェの手を取り、自分の横に座るよう促した。

「すまない、リーチェ嬢。少しうたた寝してしまったようだ……。けれど疲れていない、しっかり休んでいるから来るな、などと言わないでくれ……」

リーチェの手を握り、しゅんと眉を下げて請うように口にすると、微かに頬を染めたリーチェが言葉に詰まる。

「——うっ。で、ですが、最近お父様も以前にも増して忙しそうにされているでしょう？　カイゼン様はもっとお忙しいのではないですか？　フランツ医師が所属していた医師団の調査に、陛下から拝命されたお仕事に。無理をせず、ご自分のお邸に戻ってしっかり休んでください」

「リーチェ嬢に会わないほうが死活問題だ。それに、騎士だから体力は問題ない。心配してくれたのか？　ありがとう、リーチェ嬢」

自分の体調を心配して怒ってくれるリーチェに、カイゼンはリーチェがますます怒ってしまうと分かっていながら、それでもにこにこと笑顔が溢れ出てしまう。

（だって……、あの時はこんな風にリーチェ嬢と共に過ごせるようになるなんて、思わなかったからな。こうして俺の隣で、俺の体調の心配をしてくれるなんて……きっと俺は一生の運を使い果たしたのだろう）

あの出征で。

呆気なく自国と同盟国の勝利となり、帰還の準備を始めたあの頃。

テオルクに自分の気持ちをあっさりと見破られてしまって。

そして、そんな気持ちを抱く自分のことを、テオルクは排除しようとせず、リーチェの気持ちを優先して見守ってくれた。

（ハンドレ伯爵には感謝してもしきれないな……）

カイゼンはあの時、王都に帰還する寸前にテオルクの天幕に連れられ、自分の気持ちをテオルクに見破られた。隠すことなどできなかったカイゼンは、テオルクに全て包み隠さず自分の気持ちを吐露した。

そして、自分の想い人であるリーチェが婚約者と婚約破棄を行う寸前まで事態が深刻化している、ということを説明されたのだ。

テオルクの説明を聞いたカイゼンは、リーチェのことを、リーチェの心情をいの一番に心配した。

何か、リーチェが傷付くことがあったのではないか。

もしかしたら大きな事件に巻き込まれているのではないか。

（……そんなことをぐるぐる考えていた俺を、じっと見ていたハンドレ伯爵が提案してくれたんだよな……）

王都に戻った時。

祝勝会までの間、邸に滞在しないか、と——。

カイゼンはちらり、と自分の隣に座っているリーチェに視線を向ける。

すると、リーチェはカイゼンの視線に気付き微笑み返し、首を傾げている。

カイゼンはゆるゆると自分の目尻がだらしなく下がっていくのを自覚しながら、リーチェに向かって何でもない、と呟いた。

こうして、事件の調査の合間にリーチェに会いに来るのも久しぶりだ。

ようやく、ようやくフランツ医師の潜伏先を発見したのだ。

カイゼンはリーチェと久しぶりに会い、たっぷり癒されたあと、フランツ医師の捕縛のため自分の師団のもとに向かった。

リーチェと逢瀬を終えたカイゼンは、働き詰めのせいで疲れ果てていたはずだった自分の体の不調を少しも感じることなく、晴れやかな気分で師団のもとに戻って来た。
「戻った——」

「やあ、カイゼン卿。リーチェは元気そうだったか？」

晴れやかな顔で執務室の扉を開けたカイゼンの目に飛び込んできたのは、そこにいるはずのないテオルクで。

テオルクの隣には彼の執事であるヴィーダの姿まであった。

「ハ、ハンドレ伯爵……!?　も、申し訳ない、お待たせしてしまったでしょうか!?」

まさか、リーチェの父親であるテオルクが来ているとは。

そんな予定はあっただろうか、とカイゼンは慌てて自分の部下であるディガリオに視線を向けるが、ディガリオはぶんぶん首を横に振っている。

どうやら、来訪予定を忘れてしまっていた、などという失態は犯していなかったようだ。

そのことにほっとしたのも束の間。

テオルクを待たせてしまっているのは間違いない。

カイゼンは慌ててテオルクの向かいのソファに座った。

「いや、事前に知らせを送らなかった私が悪いからな。気にしないでくれ」

「いえ。もう少し早く戻れば良かったのですが……申し訳ございません」

カイゼンが腰を落ち着けたところでテオルクが話し出し、カイゼンも答える。

世間話をしつつ、カイゼンは仕事に復帰できるようになったヴィーダに優しげに目を細め、彼に話しかけた。

「それにしても、ヴィーダ殿もすっかりよくなったみたいだ……。よかった」

「これもヴィハーラ卿が協力してくださり、私を見つけていただいたお陰です。この恩義、一生忘れません」

「そんな……仰々しくせずとも」

苦笑するカイゼンに、ヴィーダはとんでもない！　と興奮したように拳を握り込んだ。

「ヴィハーラ卿が私を見つけてくださったからこそ、ああして祝勝会の場に馳せ参じることができたのです。お嬢様のご無事な姿を見ることができて、私がどれだけ嬉しかったか……」

胸元のポケットからハンカチを取り出し、男泣きをするヴィーダ。

保護したばかりの時は痩せ細り、弱々しくなってしまっていたヴィーダの姿も、今は逞しくなっている。

体も大きく、初老ながら老齢さを感じさせないヴィーダの男泣きは少しばかり怖い。

カイゼンが若干引いてしまっていることに気付いたテオルクが苦笑しつつ、ヴィーダの背中を軽く叩く。

「落ち着け、ヴィーダ。君の図体で男泣きする姿は少し……その……怖いぞ」

「だっ、旦那様……！　酷いですぞ……！　リーチェお嬢様がご無事で、お元気そうな姿を見た時、私がどれだけ……っ」

ううう、と声を漏らしハンカチを目元に当てるヴィーダ。

ヴィーダが過去を思い出し、咽び泣くのも頷ける。

ヴィーダは知ってはいけないことを、数多く知ってしまった。

フランツ医師と、テオルクの妻だったフリーシアの不貞行為に、リリアの出生の秘密。そして伯爵家の資金の着服に、あろうことかフリーシアはフランツ医師に唆され、自分の娘であるリーチェの殺害まで企てていたのだ。

その企ては、実行に移されることなく未遂に終わっているが、リーチェに手をかけようとした事実は変わらない。その一件で、テオルクはフリーシアを完全に敵と見なした。

リーチェの件がなければ。

そうすれば、テオルクはきっとあれほどの罰を与えなかったかもしれない。

妻に寂しい思いをさせてしまったのは自分にも責任があるのだ、とテオルクも少なからず非を認めているのだから。

だから離縁したあとも、食うに困らない程度の暮らしは保障していたかもしれない。

(……だが)

カイゼンはちらり、とテオルクに視線を移す。

ヴィーダの背を摩り、苦笑いしながら言葉をかけているテオルク。

情に厚く、だが自分が敵と見なした者には情け容赦ない。

（……温厚そうに見えて、実はこの人が一番恐ろしいんじゃないか……）

カイゼンは、王都に戻って来てからのテオルクの行動や言葉、そしてそれを躊躇いなくやってのける精神力。

それらを思い出してぞくり、と背筋を震わせた。

「カイゼン卿？　どうした、顔色が悪いぞ」

押し黙るカイゼンに気付いたテオルクが不思議そうに瞳を瞬かせ、話しかけてくる。

テオルクの恐さを再認識していたカイゼンは、テオルクに気付かれてしまわないよう慌てて首を横に振った。

「いえっ、何でも……！　そ、それよりハンドレ伯爵、どうされたのですか？　師団に来られるなんて、よっぽどのことでも？」

脱線してしまった話を元に戻すようにカイゼンが告げると、テオルクは「そうだった」と落ち着きを取り戻し、椅子に腰かけた。

先ほどまで男泣きしていたヴィーダも、ハンカチを仕舞い素早くテオルクの後ろに控える。

場の空気が一瞬で変わる。ぴん、と張りつめた空気にカイゼンは喉を鳴らした。

テオルクはゆっくり息を吐き出したあと、口を開いた。

「フランツ医師の潜伏先が見つかったのは、聞いただろう？」

「ええ。王都から離れた領地にいましたね。離れた場所に潜伏していたため、足取りが掴めず時間を要してしまいましたが、ようやく捕らえることができそうです」

国王にも先日報告した内容だ。

そのため、テオルクが知っていても何ら問題はない。

だが、それがどうしたのだろうかと今度は逆にカイゼンが不思議そうに首を傾げた。


王都から離れた領地。

フランツ医師は、王都近郊は危険だと判断し、離れた場所に身を隠していた。

その領地も、不貞関係であるとある貴族の夫人の夫の領地だ。

今のシーズンは多くの貴族が王都に滞在している。

そのため、フランツ医師と不貞関係の貴族夫人は多く存在していたが、フランツ医師も相手はしっかり選んでいたらしい。

シーズンが過ぎれば王都から遠く離れた領地に戻るような貴族とは関わりを持たず、王都近郊、もしくは王都で要職に就く家と懇意になっていた。

そのことに気が付いてから、調査は早かった。

王都から離れた領地の領主を省き、フランツ医師と関係がありそうな家を絞り、その家の夫人に尋問を行う。

尋問を行った結果、フランツ医師の足取りを掴むことができた。王都から離れた場所の領地に潜んでいることも分かった。

フランツ医師と不貞関係にあった者達はほとんど彼の正体を知らず、ただただ爛れた関係を楽しんでいた者達にすぎなかった。

貴族の夫人や娘と懇意になり、言葉巧みに夫の仕事内容や、この国の情報を抜き取る。

そして、フランツ医師は自分の医師団に情報を渡していたらしい。

国王からフランツ捕縛の勅命を受けたカイゼンは、フランツが勘付き逃げ出す前にその領地に向かわなければならない。

「……フリーシアのもとに医師団の誰かが接触を図る可能性がある。私はそちらを見張るよう、陛下より命令があった。そのため、カイゼン卿の任務を手伝うことができない……。健闘を祈る、と伝えに来たんだ」

「そうだったのですね……！　お心遣い、ありがたく頂戴します」

「ああ。カイゼン卿を心配する必要はないだろうが……。リーチェのことを考えすぎて注意力散漫にならないようにな？」

「――なっ⁉」

テオルクから揶揄い混じりに笑いながら言われ、突然そんなことを言われたカイゼンはかっと顔を赤く染める。

真面目な話をしていたところで、突然リーチェの名前を出されて動揺してしまうカイゼンの姿に、テオルクの後ろに控えていたヴィーダが豪快に声を上げて笑う。

「――はっはっ！　リーチェお嬢様はお美しいですからな！　ヴィハーラ卿が動揺してしまうのも無理はありませんな！」

「リーチェの名を聞いただけでその様子では……この先が思いやられるな、カイゼン卿」

「お、俺を揶揄うのはやめてくださいっ」

国に混乱をもたらし、国に仇なす逆賊の捕縛だ。

勅命を受け、知らず知らずのうちにカイゼンの体にも力が入っていた。

程良い緊張感は逆に自分の感覚を鋭くする。

だが、今回の任務は潜伏するフランツの捕縛。

師団長を務めるカイゼンを心配するなど烏滸がましいのでは、とテオルクは考えていたが彼はまだ19歳だ。

立派な師団長で、鬼神と称されるほどの実力の持ち主だとしても、テオルクからしたらまだまだ年若い青年である。

テオルクにとっては、カイゼンも年若い若者だ。心配にもなる。

けれど逆に、以前の戦争で窮地に陥った自軍を救ってくれたのは、カイゼンだ。若く、荒々しく危なっかしいところもまだあるだろう。だがそれを引いてもカイゼンの騎士としての実力は間違いない。

長い戦場での生活で、カイゼンとはずいぶん打ち解けることができた。大切な娘、リーチェの助けにもなってくれた。

(まあ……彼もリーチェの助けになりたい、という気持ちが大きかったのだろうが)

テオルクは自分の目の前にいるカイゼンの体から変な力や緊張感がするり、と抜け落ちたことを確認し、背後にいるヴィーダに顔だけ振り返り視線を向ける。

するとヴィーダも目を細め、温かい笑みを浮かべた。

「さて、カイゼン卿邪魔をしたな。私はこれで失礼するよ。落ち着いたら共に食事でもしよう。晩餐(ばんさん)会に招待しても？」

「――！　楽しみにしております」

「ああ、今回の件が片付いたら食事をしよう」

柔らかい笑みを浮かべ、テオルクが椅子から立ち上がる。カイゼンもテオルクの行動に倣い、椅子から立ち上がった。そして部屋を出ていくテオルクとヴィーダの背中を見送る。

「……ハンドレ伯爵に緊張を解してもらったみたいだな」

お見通しか、とカイゼンは苦笑を漏らし、そして浮かべていた穏やかな笑みを消した。

逆賊、フランツ医師を捕らえるため、カイゼンは師団員達に指示を始めた。

4章　逆賊の捕縛と、それからの二人

王都から馬車で5日ほど。

馬で駆ければ最短で3日半。手綱捌き（たづなさば）に優れ、馬を最速で駆けることができるカイゼンの師団であれば、2日半で目的の地に着ける。

馬を走らせながら、カイゼンは後方をちらりと振り返る。

昨日、王都を発った。

馬にも、団員にもそろそろ疲れが見え始める頃合いだ。

小休憩と野営のみでここまでやって来たが、今夜は宿を取って休んだほうが良さそうだ、と考えたカイゼンは速度を緩めて自分の部下、ディガリオに告げた。

「今夜は宿を取る。この先の村に宿があったはずだ。2名ほど先に行かせて手配を」

「――！　かしこまりました」

カイゼンの言葉に「助かった」と目を輝かせたディガリオは、後方の師団員にカイゼンの言葉を伝えるため、離れていった。

（隊列も大分間延びしてしまっているな……。明朝、早い時間帯に出発すれば明後日には目的地に到着する。……だが、疲れが残る団員が多ければフランツ医師の捕縛に影響を及ぼす可能性がある。到着前に休ませるか……？）

自分達の接近にフランツが気付く可能性も憂慮したが、その可能性は極めて低いだろうと判断する。

フランツを匿う領主の妻には大した人脈がない。

秘密裏に接近している自分達の隊を事前に察知するだけの人員も、フランツを逃がすための人脈もないことは事前調査によって判明している。

（……国内が落ち着いたら陛下は祝勝会を開き直す、と仰っていたが……。それがいつになるか……）

改めて祝勝会が開かれたその時は。

リーチェに自分の気持ちを告白しようと考えていたのだが、その時はまだまだ先になってしまいそうだ、とカイゼンは溜息を零した。

明朝。

村の宿屋で休息を取ったカイゼン達は、まだ薄暗い中、馬を駆け移動する。

フランツを匿っている領地はもう目と鼻の先だ。

このまま領地の外れの森林の中にある別館に向かい、フランツを捕縛する。

別館は、自然豊かな景色を楽しむために建てられた館らしいが、そんな領主の気持ちを蔑ろにして不貞相手を匿う場所にしているなんてな、とカイゼンはこの地の領主を哀れんだ。

カイゼン達がフランツを捕縛してしまえば、領主に自分の妻が医者と不貞を働いていたということが知られるだろう。

だが、カイゼンが気にしていてもどうにもならない。

カイゼンの仕事は逆賊、フランツを捕縛するのみだ。

馬を駆けつつ、カイゼンは前方に見える景色に気持ちを引き締めた。

「捕縛の際は要注意だ！　相手は毒物も使用する。苦し紛れの抵抗を見せるかもしれない、気を引き締めろ！」

カイゼンの良く通る低い声に、師団員達は気合いの籠った声で声を上げた——。


森の中の館。

2日後到着した頃には、辺りは薄らと薄暗くなっていた。

時刻は夕方に差しかかる頃だろうか。

何の障害もなく太陽の光を受ける場所とは違い、森の中は光が届きにくい。

だがその薄暗さを逆手に取って、カイゼン達は音もなく館を包囲する。

複数の出入口に師団員を向かわせ、カイゼンは腰の長剣をすらりと抜き放ち、正面玄関から堂々と屋内に入室する。

窓からの脱出に備え、広範囲に自分の部下を配置しているため、逃走の可能性は万に一つもない。

「すぐに発見されるような場所にはいないでしょうね……」

「ああ。領主に見つかる可能性も考慮して、館の奥まった場所にでも隠しているだろう」

ディガリオの言葉にカイゼンも同意する。

この館は別館ということもあり、それほど広くない。

予め国王から渡された資料の中にこの館の見取り図も含まれていた。

館内部の情報を全て頭の中に叩き込んでいるカイゼンは、屋内の一番奥まった場所に存在する部屋に向かって駆ける。

廊下を駆け抜けるカイゼンの背後で、ディガリオが剣を抜く音が耳に届く。

ディガリオの後ろに続く2名の団員も剣を抜き放つ音が聞こえ、カイゼンは走る速度を上げた。

走ること、しばし。

カイゼンの目の前に、目的としていた部屋の扉が見えた。

「団長、下がってくださ――」

「このまま突入する」

カイゼンの身を案じるディガリオの声を遮り、カイゼンは走る速度そのままに片足を振り上げ、目の前の扉を蹴破った。

派手な音を立て、扉が吹き飛ぶ。

室内からは騒音に驚き、女性の短い叫び声が上がった。

女性――恐らく、この領地を治める領主の夫人だろう。その夫人の声がカイゼンの耳に届いたと同時に、カイゼンは握っていた長剣の刃先をベッドに横になっていた男――フランツの首元に当てていた。

「逆賊、フランツ。国王陛下の命により、お前を捕らえる。大人しく我々に従えば手荒な真似はしない」

眼光鋭く自分を睨み付けるカイゼンに、当の本人、フランツはさして慌てた素振りも見せずに微笑んでみせた。

ふふっ、と吐息を零しベッドから起き上がったフランツの肩を、美しく艶やかなプラチナブロンドがさらりと滑り落ちた。

「分かりました。抵抗はしません」

両手を上げ、観念したように言葉を紡ぐフランツに、カイゼンは背後にいるディガリオに捕縛の指示を出す。

首元に当てた剣先は下ろすことなく、目の前の男を注意深く観察する。

さして慌てる様子も見せず、カイゼンの指示に従順に従う姿に薄気味悪さを覚えた。

ベッドから降りたフランツは生まれたままの姿で、堂々とカイゼン達の前に裸体を晒すフランツは、肝が据わっていると言うべきか――。カイゼンは用意させた衣服を羽織るように告げた。

そしてフランツを素早く拘束していると、彼がいたベッドからもぞり、と女性が現れた。

「――嫌っ、フランツをどこに連れていくのっ⁉　彼を連れていかないで……！」

「……領主の夫人か」

薄っぺらなシーツ一枚だけを体に巻きつけ、フランツを連れていかないで、と懇願する女性にカイゼンは眉を顰める。

複数の男が同じ室内にいるというのに、あられもない姿を晒すことさえ厭わない。

フランツという男にそれほど傾倒し、執着している。

正気を失ったようにフランツの名前を叫び続ける領主夫人に薄ら寒さを覚えたカイゼンは、拘束したフランツを連れて部屋を出た。

「フランツ、またの名をマイクと言ったか……」

カイゼンはぽつりと呟き、後ろ手に拘束されたフランツの後ろ姿を見つめる。

(数多くの証言によって、ある程度人相は予想していたが……。本当だったとはな)

貴族夫人達が口を揃えて言っていたのは「美しい男」だ。

証言通り、中性的な顔立ちをしていると思う。この男の雰囲気はどこか妖しく他者を惑わせる、危険な色香を纏っている。

リリアのような年齢の子供がいるとはとても思えないほど若々しく、年齢すら不詳だ。

カイゼンの呟きが聞こえたのだろうか。

肩越しに振り向いたフランツが目を細め、微笑みかけてくる。

「貴方のことは知っていますよ。カイゼン・ヴィハーラ卿でしょう？」

「……この国の人間であれば、俺の名前を聞いたことくらいはあるだろう」

「ええ、ええ。そうですね。この国の英雄ですから」

「……お前と楽しくお喋り(しゃべ)をする時間は俺にはない。王都に戻ったら嫌というほどお喋りする時間が与えられる。その時に色々お喋りしてくれ」

フランツは危険な男だ。

フランツの被害者は貴族夫人が圧倒的に多いが、口が上手いこの男の口車に乗って、貴族や平民男性の被害者も少数ながらいると報告を受けている。

投資話で騙された、金を巻き上げられた、とほとんどは金銭絡みだった。

だが、その中でも極小数。貴族夫人のようにフランツ、という男に心酔している被害者も実在していることは事実。

（極刑……もしくは、一生幽閉の身になることはこの男も分かっているだろう……。無駄話をするのは危険だな）

逃げ出すために、フランツが死に物狂いで抵抗する可能性もある。

見るからに細身の体で、歩き方を見ても戦闘の訓練を受けているような様子は見えないが「抵抗」が武力に限ったものではないことは十分警戒している。

人を誘惑し、自分に執着させ、崇拝させることに長けた男だ。

口車にも、武力にもやられない、と注意深く観察しているが、それでも「絶対」はない。

フランツはカイゼンを観察し、笑みを深めたあと、再び前を向いた。

「そうですね。王都に着いたら色々お話する機会は与えられるでしょうから」

拘束されているというのに、フランツはまだまだ余裕を失っていない。

その姿がとても不気味でもある。

そして、進む先にフランツを乗せる馬車が見えてきた。

逃げ出すことが不可能な、堅牢な檻（おり）のような馬車。

その馬車の鍵を開けて、カイゼンはフランツを中に入れる。

再びしっかり施錠したところで、後ろからカイゼンの部下であるディガリオがやって来た。

「団長」

「――ああ、来たか。任せていいか？」

「はい。お任せください」

「……領主夫人は？」

「先ほど、ようやく落ち着きました……。領主に知らせを送りましたので、そろそろ到着するかと思います」

「分かった。領主への説明は俺が行う。フランツの移送はディガリオに任せるぞ」

「かしこまりました」

ぺこりと頭を下げるディガリオに、カイゼンは馬車の鍵を手渡し、先ほどの館に戻るため道を引き返し始めた。

その様子を、馬車の小さな窓から眺めていたフランツは、小さく鼻歌を口ずさみながら楽しげに微笑んだ。

「――……フ、フ、フランツはまだまだ存在している」

ガタン、と馬車が揺れ、ゆっくり走り出す。

外に出ることは二度と叶わない可能性が高い。

それでもフランツは悲観するでもなく、慌てるでもなくただただ静かに自分に与えられるであろう罰を受け入れるように、目を閉じた。


フランツを捕らえることは成功した。

ひとまず、目下の目標は達成されたのである。

「……取りあえず、一段落はついたのか？」

走り去る馬車を見ていたカイゼンは呟いた。

カイゼンの背後から、師団の他の団員が声をかけてきた。

「――団長！　領主がやって来ました！」

「分かった、今行く……！」

団員に答え、カイゼンは呼ばれた方に向かって歩き出した。

カイゼン・ヴィハーラが師団長を務める師団が、フランツ医師を捕らえたという噂は瞬く間に広がった。

王都では今回の事件の首謀者が捕まった、と皆が安堵し、事件の後処理は残るもののこれでようやくいつもの日常が戻ってくる、と街の雰囲気も明るい。

捕らえたフランツ医師の聞き取り——尋問、も国王の命令の下徐々に始まっている。

出征から戻り、慌ただしい日々を送っていたカイゼンも、やっと落ち着いた日常を取り戻した、ある日。

国王陛下より、改めて祝勝会を開くとの報せが、カイゼンやテオルク達に届いた。

公爵家の別邸。

カイゼンは自分の邸で国王から届いた書状を確認していた。

「——本当の祝勝会、か……」

以前の祝勝会は、フランツ医師に傾倒した彼の協力者を炙り出す囮のパーティーだった。

当の本人であるフランツを捕らえたことで、ようやく祝いの場を設けることができ、戦争の功労者を労(ねぎら)うことができる。

――表向き、はそうだろう。

「国内が落ち着いてきたとはいえ……、フランツ医師は単独犯ではないからな。今度は俺達を囮にして、陛下は貴族達を見極めるつもりか……」

はあ、と溜息を吐き出しつつ書状に書かれている日にちを確認する。

するとそこには、遠くもなく、近くもない1カ月後、という日にちが記載されていた。

「……リーチェ嬢に装飾品を贈ったら、当日着けてくれるだろうか……」

タイミング良く、テオルクから誘われている晩餐会がある。

ハンドレ伯爵家に行った時、それとなくリーチェに確認して、贈ってもいいかどうか聞いてみようとカイゼンは考えた。

迎えた、晩餐会当日。

カイゼンの休みの日に合わせ、テオルクは晩餐会に招待してくれた。

テオルクの心遣いに感謝しつつ、カイゼンは邸を出て馬車へ向かう。

晩餐会、ということもあり今日の装いはチャコールのフロックコートと色を合わせたトラウザーズ。フロックコートの裏地にはパープルを使い、深い色合いながらも裾からちらりと見えるダークパープルがアクセントになっている。

意匠の凝った刺繍が袖口、襟(えり)に金糸で施されていてカフスボタンと対になるよう合わされている。フロックコートから見えるウェストコートは、チャコールのフロックコートの邪魔をしない無難なブラックを選んだ。ウェストコートの下部にも華美すぎない程度に刺繍が施されている。

クラヴァットピンにはカイゼンの瞳を思わせるルビーがあしらわれており、クラヴァットピンから伸びた細めのチェーンが胸元のポケットに伸びて、留められている。

晩餐会に招待してもらった以上、恥ずかしい格好をしないようにしなければ！　と、カイゼンは前日に何度もディガリオに相談しつつ今日の装いを決めた。

相談を受けていたディガリオは、最後のほうには疲れ果て、目が死んでいたが必死だったカイゼンは気付かない。

どきどきと逸(はや)る心臓に手をやりつつ、カイゼンは馬車に乗り込む。

――ちゃんとした告白は、まだ早いだろうか。

――想いを告げられて、嫌な気持ちになってしまわないだろうか。

出征から戻り、最初の祝勝会の開催までハンドレ伯爵邸で過ごした時間は長い。

その間、リーチェに庭園を案内してもらったり、テオルクも一緒だったが街に買い物にも行った。

邸で過ごす間に、沢山会話をする機会にも恵まれた。

リーチェが婚約した、と聞いた2年前。こんな風に彼女と関わることはできないと思っていたのに、今、リーチェと気兼ねなく会話ができる奇跡に、カイゼンは心から感謝した。

そして、祝勝会のあの日。

リーチェに対し、気持ちが溢れ出してしまったカイゼンは少しフライング気味に自分の気持ちを吐露してしまっている。

テオルクの介入があり、ちゃんとした言葉は伝えられていないが、リーチェは顔を真っ赤にしていて、嫌がる素振りなどは見せていなかったのだが、テオルクの登場に気を取られたカイゼンは、その時のリーチェの様子をしっかり見ていなかったのだ。

「──リーチェ嬢の気持ちを優先したい」

カイゼンがリーチェに好意を抱いているのは、リーチェ自身、気付いているだろう。

それほど、態度に出してしまっていることは自覚しているし、言動にだって表れている。

だからと言って、リーチェに無理に頷いて欲しくない。

リーチェは婚約者に傷付けられたばかりだ。

その傷も、完全には癒えていないだろう彼女に、無理強いをしたくない。

「……それに、母君と妹君も伯爵家を出ていってしまったばかりだ」

家族だと思っていた人達が邸を出たばかり。

いつも気丈に振る舞っているリーチェだが、寂しさを感じているのは明白。

「……これで、俺が告白して、これ以上リーチェ嬢を悩ませたくないな……」

意気地なしだ、と言われようが。リーチェの負担にはなりたくない。

告白は、もう少しあと。落ち着いた頃にしよう、とカイゼンは決めた。

揺れる馬車の中、カイゼンは窓から見える移り変わりゆく景色をじっと見つめた。


ハンドレ伯爵邸に到着したのは日が沈み始めた夕方頃。

カイゼンが馬車から降りて邸に向かっていると、邸の玄関からリーチェが姿を現した。

「リーチェ嬢？」

「……カイゼン様！」

カイゼンの姿を見るなり、リーチェがふわりと柔らかい笑みを浮かべ、歩いて来る。

晩餐会のためだろうか。普段見慣れたデイドレスではなく、イエローを基調としたシンプルながらも華やかなドレスを身に纏っているリーチェに、カイゼンは見惚れる。

ハーフアップに結い上げられたリーチェの髪の毛が、歩く度にふわふわと舞う姿がとても美しく、可憐だ。

髪飾りは蝶をモチーフにしているのだろう。

赤いルビーを随所に散りばめ、繊細な装飾を施されている。

そして、その蝶の髪飾りの下。リーチェの耳元には、あの日、祝勝会のために買い物に出た街で、カイゼンが「似合う」とリーチェに選んだ百合をモチーフにしたイヤリングが揺れている。

控えめながら、晩餐会のために合わせたドレスが、髪飾りにとても似合っていて。

カイゼンは自分が選んだイヤリングを、リーチェが着けてくれていることに沸き立つ心を無理矢理抑える。

（待て……！　待て待て、浮かれるな俺……。ただ、単純にリーチェ嬢がこのイヤリングを気に入って、普段から着けているのかもしれないだろう!?）

赤く染まった顔を隠すように、カイゼンは自分の顔下半分を手で覆う。

そんなことをしているうちに、リーチェがカイゼンのもとにやって来て「こんばんは」と嬉しそうに笑いかけた。

「今日はご一緒できて、嬉しいです」

「あ、ああ。こんばんは、リーチェ嬢。俺も、楽しみにしていた……」

「本当ですか？　お父様がまた無理を言ってしまったのではないかと、心配だったのです。カイゼン様は今日、お休みの日ですよね？　無理をされていないですか？」

フランツ捕縛のことを、テオルクから聞いたのかもしれない。

もしくは、王都で既に噂になっているのかもしれない。

カイゼンの体調を気遣い、心配してくれるリーチェに「問題ない」と優しく返す。

「騎士は体力が豊富なことが誇りだから、問題ない。それに、今日はゆっくり休めたし……楽しみにしていたんだ。帰って休め、なんて言わないでくれ」

「そ、そんな……！　そんなこと言いません！　その、私も楽しみでしたから……ご一緒できて嬉しいです」

気恥ずかしそうにはにかむリーチェに、カイゼンは自分の胸の鼓動がドコドコと速まるのを感じる。

「カイゼン様、夕食までもう少しだけ時間がかかってしまうのです。庭園を一緒に歩きませんか？」

リーチェからの散歩の誘いに、カイゼンは考えるより先に勢い良く頷いた。

そして、頷いてしまってから「あ」と小さく声を漏らす。

カイゼンの声に反応したリーチェが不思議そうに振り返ると、カイゼンは心配そうにリーチェに向かって問いかける。

「その、リーチェ嬢。お誘いは嬉しいのだが……ドレスが汚れてしまわないか？」

晩餐会のために着飾ったのだろう。

美しいドレスに、万が一土などが付着してしまったら、と心配になったカイゼンが眉を下げつつリーチェに聞く。

するとリーチェは笑顔で首を横に振った。

「大丈夫です、カイゼン様。心配してくださってありがとうございます」

「いや、いいんだ……」

短くやり取りをして、カイゼンはリーチェに案内されるままハンドレ伯爵邸の庭園に足を向けた。

ハンドレ伯爵邸の庭園は広く、見応えがある。

そして庭園の中には小さな池が作られており、池には小さな橋が掛けられている。

橋の手前までやって来たカイゼンは、リーチェに手を差し出した。

「リーチェ嬢、手を。足元が不安定だから、バランスを崩すと危ない」

「ありがとうございます、カイゼン様」

当たり前のように差し出された手を、リーチェは嬉しそうにはにかみながら手を重ねた。

カイゼンはリーチェの手を引きながら、橋を渡り切り、リーチェが橋から降りたところで前方を確認して、ぴたりと足を止めた。

「……これは。以前はなかった？」

「ええ、そうなのです」

目の前に咲き誇る、色とりどりの百合の花。

カイゼンが口にした通り、以前伯爵邸に滞在中、同じようにリーチェと庭園を歩いた時はこれほど見事な百合の花々はなかった。

リーチェはカイゼンを追い越し、繋がれたままの手を引き、今度はリーチェがカイゼンの前を歩く。

カイゼンの手を引くリーチェの横顔は嬉しそうに綻んでいて。

「カイゼン様に百合の花が似合う、と言っていただけたあの日から……私、百合の花が一番好きな花になったのです」

「……！」

「今まで私には可憐な百合の花は似合わないと思って、敬遠していたのですが……」

一度言葉を切ったリーチェが、カイゼンを振り返る。

繋がれた手はそのままで。

緊張しているのだろうか。リーチェの手の震えが、繋がれたままのカイゼンの手のひらにまで伝わってくる。

「百合が似合う、と言ってくださったことがとても嬉しくて……。百合が似合う女性に、なりたいと思ったのです」

「──」

日が沈み、辺りは薄暗い。

庭園の要所要所に灯された明かりが、リーチェの姿を幻想的に照らしていて。

カイゼンに向き直り、はにかんでいるリーチェの頬がほのかに赤く色付いている。

その美しさに言葉を失ってしまったカイゼンだったが、自然と自分の口から言葉が零れ落ちた。

「綺麗だ……」

「──え？　あ、百合ですね。そうなのです、庭師がとっても綺麗に明かりを配置してくれて──」

「いや、百合も綺麗だがリーチェ嬢が綺麗だ、と……思っ、て……」

二人の間に、しばし沈黙が流れる。

リーチェは、カイゼンに言われた言葉を遅ればせながら理解して。

カイゼンは、無意識に零れ落ちてしまった自分の言葉に気付いて。

二人は同じタイミングで声にならない叫びを上げ、顔を真っ赤に染め上げた。


二人は照れくささにしばらく顔を合わすことはできなかったが、それでも繋いだ手を離すことはせず、晩餐会の準備が整うまでその場で二人、時間が来るまで無言で過ごした。

だが、沈黙はちっとも気まずい時間にはならず。

繋いだ手をお互い強く握り締め、カイゼンはそっとリーチェを自分に引き寄せた。

リーチェは引き寄せられるまま、カイゼンの腕と触れ合うほどすぐ隣で、時折顔を見合わせては照れくささに笑い合った。


テオルクが呼びにくるまで二人はただ寄り添って百合の花々を眺めていて。

晩餐会の席で、カイゼンが祝勝会の日に合わせてリーチェに装飾品を贈りたい、と告げた。

その時一緒に、申し込みたいことがある、と緊張した面持ちで告げたカイゼンに、リーチェは嬉しそうに、幸せそうに目を細め、笑って「待っています」と答えた。

番外編　二人きりのデート

ハンドレ伯爵家で、カイゼンを招待した晩餐会の日から、数日後。

その日、リーチェは朝から落ち着きなくそわそわと自室の中を歩き回っていた。

「お嬢様……」

リーチェ付きのメイドが苦笑いで声をかける。すると、びくっと肩を跳ねさせたリーチェがぐりんっ、と凄い勢いでメイドに振り返った。

「——な、何⁉　もういらっしゃったのかしら……！」

「いえ、まだお越しになられていません。その、少し落ち着かれてはどうですか？」

「そ、そうね……。座って待っているわ……」

部屋の中を行ったり来たりしていたリーチェは、メイドに言われた通り部屋のソファに腰かける。

だが、座ってからリーチェは失敗した、と自分の行動を後悔した。

座ってしまうと、自由に動き回ることができなくなってしまうではないか。

じっと大人しくソファに座っていると、晩餐会での出来事を思い出してしまいそうで、リーチェは再び勢いよくソファから立ち上がった。

「お、お嬢様……、綺麗に纏めた御髪が崩れてしまいます！」

「あ……っ！　ご、ごめんなさい……！　けど、じっとしているのは無理だわ！」

するとリーチェは座っていたソファから立ち上がり、赤く染まる頬を隠すように両手で覆った。

リーチェが立ち上がったタイミングで部屋の窓から一台の馬車が邸の正門に到着した所が見える。

メイドがそのことに気付き、ぱっと表情を明るくさせ、リーチェに教える。

「お嬢様！　ヴィハーラ卿が到着されました！」

「──っ、お、お出迎えに行かなくちゃ……！」

約束の時間より少しだけ早い到着。

だが、メイドは早く到着してくれたカイゼンに心の中でお礼を述べた。


晩餐会のあの夜。

お互いの気持ちは、口にせずとも通じ合った。と、リーチェはそう思っている。

タンタン、と階段を下り到着しているであろうカイゼンの下に急いで向かう。

（──あっ、か、髪型は崩れていないかしら？　あの子は……）

メイドの姿を探すが、どこにもその姿は見当たらない。

どうしよう、置いてきてしまったわ、とリーチェがぐるぐる考えていると。

階段を下りて来たリーチェに気が付いたのだろう。玄関ホールで待っていたカイゼンが嬉しそうに満面の笑みを浮かべた。

「リーチェ嬢」

「カ、カイゼン様……！」

とろり、とカイゼンの赤銅色の瞳が甘く細められる。

「今日はよろしく頼む、リーチェ嬢」

「こちらこそ、よろしくお願いいたします」

嬉しそうに微笑み、差し出されたカイゼンの手にリーチェもはにかみながら自分の手のひらを重ねた。


今日は、カイゼンと二人きりで出かける日。

晩餐会のあの日に約束した、二人きりの「デートの日」である。


カタカタ、と心地よい振動に身を任せ、リーチェは馬車の中でちらりとカイゼンを盗み見た。

正面の座席に腰かけ、長い脚を組み窓の外を眺める横顔が本当に綺麗で、リーチェは何度「絵画のようだ」と思ったか知れない。

晩餐会の時のように煌びやかな装いではないが、長身で手足の長いカイゼンはどんな服を着ていても様になる。

リーチェがそんなことを考え、はた、と自分の服を思い出す。

「デート」とは言え、観劇をするでもなく、今日は湖を散策する。そのために長時間歩いても足が痛くならないように足元はショートブーツで、動きやすく華美な装飾のないデイドレス。天気がいいから、と空色のドレスを選んだのだがリーチェが持っているデイドレスの中でも質素な部類だ。

（も、もっとお洒落をしてくればよかったのかしら……!?　で、でも今日は湖の周りを歩くから、見合った服装にしないと……）

「リーチェ嬢？　どうした……？　もしや、どこか体調でも悪いのか？」

リーチェが悶々と考えていると、窓の外を見ていたカイゼンがリーチェの異変に気付き、心配そうに声をかけてくる。

「いっ、いえ！　何でもありません！」

体調が悪い、と勘違いされてしまったら優しいカイゼンはきっと今日はやめにしよう、と言うはずだ。

せっかく楽しみにしていた「デート」だ。中止になったら悲しい。

だからリーチェはぶんぶんと首を横に振り、笑顔で何でもない、と答えた。


リーチェ達の国【ベルヌス王国】には、広大な敷地面積を誇る王立森林公園がある。

王国民であれば誰でも入場可能な大きな森林公園は、貴族はもちろん平民も多く訪れる。

森林公園の入場口には騎士が立っていて、利用者を確認しているし、公園内も犯罪が起きないよう騎士が定期的に見回りをしている。

そのため、広い公園内、利用者も貴族だけでなく平民も利用しているが大きな問題や、事故が起きたことは一度もない、治安も良い公園だ。

「リーチェ嬢。湖はこちらの道だ、手を」

「ありがとうございます、カイゼン様」

自然に差し出されたカイゼンの手に、リーチェも躊躇いなく手を重ねる。

遠くから聞こえる子供の笑い声は、貴族の子供だろうか。それとも平民の家族連れだろうか、とリーチェとカイゼンは他愛もない会話を楽しむ。

燦燦（さんさん）と太陽の陽が降り注ぎ、二人は「晴れてよかった」と笑い合う。

森林公園を訪れている人は多いはずだが、敷地が広すぎるため視界に入る人影は疎らで、穏やかな時間が流れる。

この国も、ようやく穏やかな日常が戻ってきたのだ。

カイゼンは陽の光に眩しそうに目を細め、遠くの方で走り回る子供の姿に微笑んだ。

楽しそうに笑い合う子供を見ていて、頬を緩めていると、リーチェも走り回る子供達を微笑ましそうに見つめている。

カイゼンがじっとリーチェを見つめていることに気付いたのだろう。リーチェが不思議そうな顔でカイゼンを見つめ返す。

「カイゼン様？」

「――いや、何でもない」

リーチェに笑って返事を返し、カイゼンは漠然と「ああ、これが幸せってことなのか」と実感した。

森林公園の森のほとり。

大きな湖が見渡せる場所までやって来た二人は、そのまま湖の近くまで歩いて行く。

「凄い……森林公園にこんな所があったのですね！」

「リーチェ嬢は公園に来たことはあまりないのか？」

楽し気に表情を緩め、弾んだ声で話すリーチェにカイゼンは聞き返す。

すると、カイゼンの問いかけにリーチェは困ったように眉を下げ、笑った。

「家族で来たことはほとんど……。忙しいお父様に我儘を言うこともあまり……。それに、リリアは幼い頃は今よりもっと体調を崩しやすくって」

「――！　すまない、無神経なことを聞いてしまったな……」

「いえ！　気にしないでくださいカイゼン様。過去のことですし、今はこうしてカイゼン様と一緒に来ることができて、嬉しいのです」

心からそう思っているのだろう。

リーチェは照れくさそうに笑い、隣に立つカイゼンの服の裾をちょこんと握る。

これは、控えめなリーチェの精一杯の「甘え」だ。

「――っ‼」

カイゼンは声にならない声を上げ、両手で自分の顔を覆い、空を仰いだ。

湖のほど近くには、小休憩ができるガゼボがいくつも設置されている。

けれどリーチェとカイゼンは湖のすぐ近くまで近付き、芝生に敷き布を敷いてその場に腰を下ろした。

柔らかな風が頬を撫で、心地良い。

穏やかな日差しに、優しく頬を撫でる風にリーチェが目を細め、カイゼンを見やる。

すると、カイゼンもリーチェを見ていたようでぱちり、と視線が合った。

「――ふふっ、見ていたのがばれてしまいましたね」

「ああ。リーチェ嬢が視線を向けるより前から俺はずっと見ていたけどな」

「ええっ⁉　ぼうっとしていたかもしれません！　見ないでください……っ！」

「それは無理な相談だ」

変な顔を見られてしまっていたかも、と慌てるリーチェにカイゼンは声を出して笑う。

会話をしているうちに自然と二人の距離が縮まり、お互いの肩が触れ合う。

くすくす、と顔を近付け笑い合う二人の側を、森林公園に遊びに来ていた平民の子供だろうか。きゃあきゃあと楽し気に笑い声を上げながら湖のほとりを走り回る。

「あ……こんなところで走って、大丈夫でしょうか」

「そう、だな……。親は――ああ、近くにいるか。こっちに来ているから大丈夫だろう」

子供が湖に落ちてしまわないだろうか、と心配そうにはらはらとするリーチェに、カイゼンは周囲を見回す。

近くには見回りの騎士も、そして子供の両親であろう大人も湖に近付いてきている。

だが、走り回って足が縺れてしまったのか。先ほどリーチェの側を走っていた子供がバランスを崩し、体が湖に傾く。

「……危ないっ！」

「――!!」

悲鳴じみたリーチェの声が聞こえた瞬間、二人の目の前で子供が湖に落下した。

ばしゃん！　と大きな音を立て、水飛沫が上がる。子供の両親が真っ青な顔で走り寄って来る姿が見え、見回りの騎士が大慌てでこちらに駆けてくるのが見える。

「ど、どうしたら……！」

何か手伝えることはないか、とリーチェが上擦った声を上げた瞬間、隣にいたカイゼンが迷いなく湖に飛び込んだ。

「カイゼン様！」

「俺は大丈夫だ！　大人であれば水嵩は低い！　それよりも、リーチェ嬢、子供の場所を教えてくれ！」

「わ、わかりました！」

長身のカイゼンでも、胸元辺りまで水嵩はある。子供の背丈では溺れてしまうほどの深さがあるのだ。

リーチェは子供が溺れてしまっている場所を正しくカイゼンに伝え、カイゼンもリーチェの言葉通り湖を移動していく。

そうしているうちに子供の両親と、見回りの騎士がリーチェのもとまでやって来た。

騎士は急いで上着を脱ぎ、救助に向かおうとし、両親は泣き出してしまいそうなほど顔色を蒼白にしてリーチェに謝罪する。

そうしているうちに、子供を救出したカイゼンが自分の腕にしっかり子供を抱え、リーチェ達の下に戻ってくる。

「子供は無事だ。水を飲んでいるかもしれない、あとは任せていいか？」

「は、はい！　お休みのところ、大変申し訳ございません！」

カイゼンは湖から上がるなり、騎士に子供を預ける。

子供の救出のため、湖に飛び込んだのはあのカイゼン・ヴィハーラだと気付いていたのだろう。騎士は見ているこちらが気の毒に思ってしまうほどぺこぺこ頭を下げ、真っ青な顔をしている。

子供の両親も、リーチェとカイゼンに何度も頭を下げ、謝罪をしてきたがリーチェもカイゼンも大事にはしたくない。

早く子供を見てやって欲しい、と告げてリーチェとカイゼンは子供の両親と騎士を見送った。

「——びっくり、しました……。カイゼン様、大丈夫でしたか？」

「ああ、俺は何とも。子供が無事で良かった——」

髪から滴る水滴を、鬱陶しそうにかき上げたカイゼンは、リーチェに視線を向けて不自然に言葉を途切れさせた。

「どうしたんですか、カイゼン様」

途中で途切れたカイゼンの言葉に、リーチェが不思議そうに見上げると、カイゼンは真っ青な顔になったかと思えば、慌てて自分の上着を脱いだ。

「す、すまないリーチェ嬢！　先ほどの水飛沫で洋服が濡れてしまっている！　このままでは風邪をひいてしまう！」

「——え？　あっ、きゃあ！」

カイゼンは大慌てでリーチェを抱き上げ、その場から駆け出した。

濡れた上着をリーチェに触れてしまわないよう気を付けながら走る速度を上げるカイゼンに、最初は抱き上げられたことに驚き、恥ずかしさを感じてしまっていたリーチェだったが、自分の体調を心配し、必死な顔で馬車まで戻ろうと走るカイゼンにリーチェは何だか楽しくなってきてしまった。

ふふふ！　と笑い声を上げながら、リーチェはカイゼンの胸元に顔を寄せたのだった。

カイゼンはびしょ濡れ、リーチェの服はところどころ濡れてしまっていて。

そんな姿でハンドレ伯爵邸に戻った二人に、テオルクは呆気に取られていたが、リーチェは「忘れられないお出かけになりました」と楽しそうに笑った。

あとがき

初めまして、高瀬船です。

この度は「だって、あなたが浮気をしたから」をお手にとっていただきありがとうございます。

今回、このお話を書くにあたり、最初に思いついたのが「主人公側（味方）が綿密に計画を立てて、最後に相手方に断罪を行う」でした。

本編終盤の断罪のための祝勝会。そのシーンを書きたくて、リーチェたちの物語が始まりました。

国王すらも一緒に計画していた、反逆者を炙り出すためのパーティー。国王やリーチェの父テオルクの活躍やカイゼンの活躍が多く、リーチェの活躍があまり書けなかったのですが、機会があればカイゼンのために活躍するリーチェや、どこかの王族にちょっかいをかけられるカイゼンを守るために奮闘するリーチェをどこかで書けたら、と思います。フランツ謎人間のままですし（笑）

そして、美しく可憐なリーチェや格好いいカイゼンを描いて下さった内河先生。とても素敵なリーチェやカイゼン、テオルクを描いて下さりありがとうございます。

私のやらかしにも優しく対応して下さった担当様。ご迷惑ばかりおかけしてしまったのに快く対応して下さり、本当にありがとうございます。

そして、ツギクルブックス編集部の皆さま。出版に関わって下さった皆様。

最後に、お手にとって頂いた読者様。皆様に心からお礼を申し上げます。

少しでも楽しんでいただけましたら嬉しいです。

２０２４年　７月　高瀬船

橋本秋葉
イラスト 憂目さと

S級勇者は退職したい！

誰もが認める王国最強パーティーの有能指揮官は

自分が真の勇者であると気がつかない！

コミカライズ企画進行中！

サブローは18歳のときに幼馴染みや親友たちとパーティーを組んで勇者となった。しかし彼女たちはあまりにも強すぎた。どんな強敵相手にも膝を折らず無双する不屈のギャングに、数多の精霊と契約して魔術・魔法を使いこなす美女。どんなことでも完璧にコピーできるイケメン女子に、魔物とさえ仲良くなれてしまう不思議な少女。サブローはリーダーを務めるが限界を迎える。「僕、冒険を辞めようと思ってるんだ」しかしサブローは気がついていなかった。自分自身こそが最強であるということに。同じ頃、魔神が復活する――

これは自己評価が異常に低い最強指揮官の物語。

定価1,430円（本体1,300円＋税10%）　ISBN978-4-8156-2774-4

https://books.tugikuru.jp/

田舎者にはよくわかりません

～ぼんやり辺境伯令嬢は、断罪された公爵令息をお持ち帰りする～

来須みかん
イラスト 羽公

最強の領地？
ここにはなにもないですけど……

田舎へ、ようこそ！
バルゴア領

田舎から出てきた私・シンシアは、結婚相手を探すために王都の夜会に参加していました。そんな中、突如として行われた王女殿下による婚約破棄。婚約破棄をつきつけられた公爵令息テオドール様を助ける人は誰もいません。ちょっと、誰か彼を助けてあげてくださいよ！　仕方がないので勇気をふりしぼって私が助けることに。テオドール様から話を聞けば、公爵家でも冷遇されているそうで。

あのえっと、もしよければ、一緒に私の田舎に来ますか？　何もないところですが……。

定価1,430円（本体1,300円＋税10%）　ISBN978-4-8156-2633-4

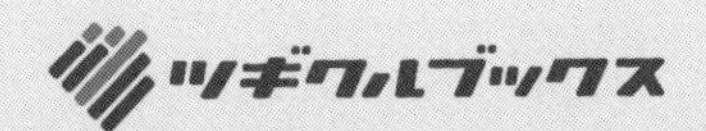

https://books.tugikuru.jp/

ファルトン伯爵家の長女セレナは、異母妹マリンに無理やり悪女を演じさせられていた。
言うとおりにしないと、マリンを溺愛している父にセレナは食事を抜かれてしまう。今日の夜会での
マリンのお目当ては、バルゴア辺境伯の令息リオだ。──はいはい、私がマリンのお望みどおり、
頭からワインをぶっかけてあげるから、あなたたちは私を悪者にしてさっさと
イチャイチャしなさいよ……。と思っていたら、リオに捕まれたセレナの手首がゴギッと鈍い音を出す。
「叔父さん、叔母さん! や、やばい!」「えっ何やらかしたのよ、リオ!?」
骨にヒビが入ってしまいリオに保護されたことをきっかけに、セレナの過酷だった境遇は
優しく愛に満ちたものへと変わっていく。

定価1,430円(本体1,300円+税10%) ISBN978-4-8156-2424-8

https://books.tugikuru.jp/

愛読者アンケートに回答してカバーイラストをダウンロード！

愛読者アンケートや本書に関するご意見、高瀬船先生、内河先生へのファンレターは、下記のURLまたは右のQRコードよりアクセスしてください。
アンケートにご回答いただくとカバーイラストの画像データがダウンロードできますので、壁紙などでご使用ください。
https://books.tugikuru.jp/q/202407/anatagauwaki.html

本書は、「小説家になろう」（https://syosetu.com/）に掲載された作品を加筆・改稿のうえ書籍化したものです。

だって、あなたが浮気（うわき）をしたから

2024年7月25日　初版第1刷発行

著者　高瀬船（たかせふね）

発行人　宇草 亮
発行所　ツギクル株式会社
〒105-0001　東京都港区虎ノ門2-2-1
発売元　SBクリエイティブ株式会社
〒105-0001　東京都港区虎ノ門2-2-1

イラスト　内河
装丁　株式会社エストール

印刷・製本　中央精版印刷株式会社

定価はカバーに表示してあります。
乱丁本、落丁本はお取り替えいたします。

ISBN978-4-8156-2776-8
Printed in Japan